Titolo originale: Wicked Lover

© 2025 Tina Folsom

Revisionato da Giulia Andreoli e kikiM

ALTRI LIBRI DI TINA

Vampiri Scanguards

Desiderio Mortale (Storia breve #½)

La Graziosa Mortale di Samson (#1)

L'Indomita di Amaury (#2)

L'Anima Gemella di Gabriel (#3)

Il Rifugio di Yvette (#4)

La Salvezza di Zane (#5)

L'Amore Infinito di Quinn (#6)

La Fame di Oliver (#7)

La Scelta di Thomas (#8)

Morso Silenzioso (#8 ½)

L'Identità di Cain (#9)

Il Ritorno di Luther (#10)

La Missione di Blake (#11)

Riunione Fatidica (#11 ½)

Il Desiderio di John (#12)

La Tempesta di Ryder (#13)

La Conquista di Damian (#14)

La Sfida di Grayson (#15)

L'Amore Proibito di Isabelle (#16)

La Passione di Cooper (#17)

Il Coraggio di Vanessa (#18)

Guardiani Furtivi

Amante Smascherato (#1)

Maestro Liberato (#2)

Guerriero Svelato (#3)

Guardiano Ribelle (#4)

Immortale Disfatto (#5)

Protettore Ineguagliato (#6)

Demone Scatenato (#7)

Vampiri di Venezia

Amante Indiscreto (#1)

Tresca Finale (#2)

Tesoro Peccaminoso (#3)

Pericolo Sensuale (#4)

Fuori dall'Olimpo

Un Tocco Greco (#1)

Un Profumo Greco (#2)

Un Sapore Greco (#3)

Un Silenzio Greco (#4)

Il Club degli Scapoli

Legittima Accompagnatrice (#1)

Legittima Amante (#2)

Legittima Sposa (#3)

Una Notte di Follia (#4)

Un Lungo Abbraccio (#5)

Un Tocco Ardente (#6)

Nome in Codice Stargate

Ace in Fuga (#1)

Fox allo Scoperto (#2)

Yankee al Vento (#3)

Tiger in Agguato (#4)

Hawk a Caccia (#5)

Time Quest

Ribaltare il Destino (#1)

L'Araldo del Destino (#2)

Thriller

Testimone Oculare

AMANTE INDISCRETO

VAMPIRI DI VENEZIA - NOVELLA UNO

TINA FOLSOM

1

Venezia, Italia - inizio 1800

Raffaello di Santori non avrebbe mai pensato di perdere la vita annegando. Forse con un paletto nel cuore, o bruciato dal sole, ma mai annegando. Era una cosa che molti vampiri temevano: le loro cellule, dopotutto, erano così dense e solide che i loro corpi erano molto più pesanti dell'acqua, e quindi affondavano istantaneamente.

Era esattamente quello che gli era successo. Un minuto prima stava passeggiando lungo il canale. Ora era immerso nelle sue gelide profondità. Poteva provare a nuotare e dimenarsi quanto voleva, ma il suo peso lo trascinava sottacqua, senza tener conto dei suoi sforzi. Tutta la sua forza lavorava contro di lui.

Non c'era nulla a cui aggrapparsi. Il canale era fiancheggiato da case veneziane senza sporgenze o pontili, senza le porte d'ingresso sul livello dell'acqua, utilizzate principalmente per le consegne, che erano abituali nelle case dei mercanti più grandi. Le case che costeggiavano quel canale stretto, insignificante, ma profondo, nel labirinto di Venezia, non avevano questo lusso. I loro abitanti entravano dalle calli superiori, calli che lui aveva percorso poco prima.

Il rumore delle persone che festeggiavano il carnevale si dirigeva verso di lui, attutito dall'acqua nelle sue orecchie. Anche se avesse urlato, non l'avrebbero sentito. Erano troppo ubriache, per farci caso. Era uno dei motivi per cui si era avventurato per le strade, nonostante il gran numero di persone in giro. In una folla ubriaca, poteva trovare più di qualche bocconcino da trasformare in preda, più di qualche collo succulento con cui avrebbe potuto banchettare senza essere scoperto.

Per tutto l'anno era stato attento, non si era mai nutrito quando le strade erano affollate, assicurandosi sempre che le sue vittime non ricordassero quello che era successo. Solo durante il carnevale, quando le maschere erano l'accessorio per eccellenza di qualsiasi abito, si era ingozzato dall'abbondante buffet di umani.

Era stato imprudente questa volta? Qualcuno lo aveva visto? Altrimenti, perché avrebbe sentito sulla schiena una mano che lo spingeva nel canale? Un semplice incidente con un passante ubriaco o un atto deliberato di qualcuno che sapeva cosa lui fosse? I Guardiani delle Acque Sacre lo avevano finalmente raggiunto?

I Guardiani: lui e i suoi fratelli li temevano. Nessuno sapeva come fosse nata quella società segreta di mercanti e nobili. Tuttavia, negli ultimi cento anni della propria vita, Raffaello aveva visto un numero sempre maggiore di vampiri suoi simili caderne vittima. Molti dei suoi amici erano scomparsi una notte, e non si erano più visti. Erano morti con un paletto nel cuore o erano annegati, proprio come stava per fare lui.

La mano che aveva sentito per un momento sulla schiena apparteneva a uno degli sfuggenti Guardiani? Sfuggenti, perché nonostante tutte le indagini che lui e i suoi simili avevano intrapreso, tutto ciò che erano riusciti a scoprire era il loro simbolo: una croce intersecata da tre onde. I suoi confratelli avevano catturato solo un membro delle Acque Sacre, ma lui non aveva rivelato molto più del loro nome e del simbolo, che portava su un anello di onice nero, prima di sfuggire loro uccidendosi e portando i suoi segreti nella tomba.

C'erano i Guardiani, dietro il suo calvario? Uno di loro lo aveva spinto, sapendo che sarebbe annegato? E che importanza aveva, ora? Entro pochi minuti sarebbe morto, la sua vita immortale sarebbe finita. Sarebbe marcito sul fondo del canale, il suo corpo non sarebbe mai risalito in superficie, e anche se si fosse decomposto, la densità delle sue cellule e delle sue ossa avrebbe fatto in modo che nulla del suo essere venisse mai alla luce.

Raffaello rifletté sulla sua lunga vita, una vita più lunga di quanto qualsiasi umano avrebbe potuto desiderare. Si stava lasciando alle spalle suo fratello Dante. Ma non c'era nessuna donna che lo amasse o che avrebbe versato una lacrima per lui. La sua vita era vuota. Con un ultimo respiro, rinunciò a lottare e lasciò che l'acqua lo prendesse.

ISABELLA TENDERINI SENTÌ il rumore dell'acqua nel canale, che di solito era tranquilla, e chiese al suo gondoliere di fiducia di andare più veloce. Il Canal Grande era affollato, a causa dei festeggiamenti per il Carnevale, e lei aveva incaricato Adolfo di riportarla a casa attraverso le tranquille acque secondarie.

«Sì, Signora», rispose lui e spinse la gondola in avanti senza sforzo.

Gli occhi di lei scrutarono nell'oscurità, mentre la luce occasionale delle case che costeggiavano il canale proiettava ombre inquietanti lungo lo stretto passaggio. «Vedete qualcosa?».

«Sembra che ci sia un disturbo nell'acqua, proprio davanti a noi», rispose Adolfo.

«Presto, accostate». Il suo cuore batté più velocemente ai pensieri che le balenarono in mente. «Mi dica cosa vede».

«Sembra che ci sia qualcuno in acqua, Signora».

Il pugno stretto della paura la attanagliò e, prima di rendersene conto, si liberò del mantello, che teneva lontano dal suo corpo il freddo dell'aria notturna, e lo lasciò cadere sul sedile accanto a lei. «Un bambino?».

«No, più grande. Un uomo».

Un senso di *déjà vu* la colpì, il suo cuore le ricordò la sua perdita. Senza esitare, sciolse i lacci del corpetto, poi sentì la mano di Adolfo sulla spalla.

«No, Signora, sarà troppo pesante per lei. Non può salvare un uomo. Un bambino, sì, ma non un uomo adulto».

Isabella si voltò verso di lui. Non si sarebbe lasciata scoraggiare dalla sua preoccupazione. Lui doveva capire che lei doveva farlo, perché nessun'altra donna provasse il dolore che aveva dovuto sopportare lei. Perché nessun'altra donna diventasse vedova, come lei. «Non posso permettere che qualcuno anneghi, lo sapete».

Lui annuì, con espressione triste. Ma non l'avrebbe fermata. Suo marito, un ricco mercante, era annegato in uno di quei canali meno di un anno prima. Il denaro che le aveva lasciato non era servito a colmare la sua solitudine.

Mentre lei si spogliava del suo abito riccamente ricamato e lasciava cadere le sottovesti sul fondo della gondola, l'aria fredda di febbraio soffiava attraverso la sua sottoveste. Ma tutto ciò a cui Isabella riusciva a pensare era l'uomo, le cui mani erano le uniche cose visibili al di sopra dell'acqua, come se stesse cercando di aggrapparsi a una corda invisibile. Se fosse riuscita a salvarlo, forse sarebbe stata finalmente in pace e avrebbe accettato quello che era successo. Avrebbe accettato la morte di Giovanni.

«Resistete», implorò Isabella, «resistete ancora qualche secondo». Pregò che non fosse troppo tardi.

«La aiuterò», disse la voce di Adolfo, da dietro.

Lei scosse la testa. Solo perché lei sentiva il bisogno di fare quella sciocchezza, non significava che avrebbe messo in pericolo il suo fedele servitore. «No. Non siete un nuotatore abbastanza bravo».

Mentre avvicinava la barca accanto all'uomo che stava annegando, Adolfo lasciò il remo e si mise dietro di lei. Un momento dopo, Isabella sentì le sue mani su di lei.

«Cosa fate?». Stava cercando di fermarla, dopotutto?

«Una corda. La legherò intorno a lei».

Lui le legò sapientemente una corda intorno alla vita, mentre lei scrutava le acque scure alla ricerca dell'uomo. Le sue mani erano sparite. Era scivolato sottacqua. Erano rimaste solo delle increspature in superficie. «Sbrigatevi».

«È pronta».

Senza guardarsi indietro, Isabella si tuffò nel canale, a piedi uniti. L'acqua gelida la colpì come uno schiaffo in faccia. Trattenne il respiro e si lasciò trascinare nelle profondità delle acque torbide del canale. Sentì la trazione della corda e fu certa che Adolfo si sarebbe assicurato che fosse al sicuro.

Isabella non aprì gli occhi: era inutile. Le avrebbe fatto solo male, e non avrebbe visto nulla. Era troppo buio. Anche alla luce del giorno, c'erano poche possibilità che i suoi occhi le fossero di aiuto, nella ricerca dell'uomo che stava annegando.

Scalciò con le gambe e allungò le mani, cercando resistenza. Niente. Si immerse freneticamente più in profondità, si girò a sinistra e poi a destra, allungando ulteriormente le braccia. Infine, le sue dita incontrarono del materiale. Si aggrappò a quello e la sua mano si strinse intorno a un pezzo di tessuto, una falda di giacca o una manica. Il tessuto di lana imbevuto d'acqua era pesante. Lo tirò e, con suo grande sollievo, il peso che sentì le confermò che lo aveva trovato.

La pressione nei suoi polmoni aumentò. Lottò contro l'istinto del suo corpo di risalire per prendere aria, sapendo che, se avesse mollato la presa su di lui e avesse ceduto al suo bisogno d'aria, l'avrebbe perso.

Isabella infilò una mano sotto l'ascella dell'uomo. Era pesante, nonostante la spinta al galleggiamento dell'acqua, più pesante di quanto si aspettasse. Raccogliendo le sue forze residue, fece un segnale ad Adolfo, tirando la corda. Ebbe appena il tempo di agganciare l'altro braccio sotto quello dell'uomo in procinto di annegare e di scalciare con le gambe, prima di sentirsi tirare verso l'alto. L'uomo tra le sue braccia era grosso. Il suo corpo massiccio premeva contro Isabella, le braccia di lei arrivavano a malapena a circondargli il petto.

Nel momento in cui raggiunse la superficie, Isabella aspirò avida una boccata d'aria, riempiendo i polmoni. Il freddo le pungeva il petto, ma lo ignorò, così come ignorò il peso morto dell'uomo che teneva tra le braccia. Era ancora vivo?

«È stata giù per tanto tempo», sentì dire ad Adolfo, con la voce più tesa del solito.

«È molto pesante», disse Isabella e cercò di nuotare verso la barca. Ma tutto quello che poteva fare era aggrapparsi all'uomo e lasciare che Adolfo facesse il lavoro pesante. Pensò che Adolfo meritasse qualche lira in più come premio, dopo quella prova.

Mentre il gondoliere tirava la corda, sentì lo sconosciuto scivolare dalla sua presa. Senza pensarci, allargò le gambe e le avvolse intorno ai fianchi di lui per tenerlo stretto. Non era una cosa da signora, e neanche lontanamente appropriata, ma l'uomo era svenuto e sicuramente non avrebbe ricordato quello che lei aveva fatto.

Quando sentì delle voci che si dirigevano verso di lei da un'altra parte del canale, pregò che arrivasse aiuto. Adolfo non sarebbe stato abbastanza forte per tirare lei e l'uomo nella gondola. Per una volta, le sue preghiere furono ascoltate.

Le sue membra erano congelate, quando finalmente atterrò nella gondola, aiutata da un paio di cordiali fattorini che trascinarono lo sconosciuto mezzo morto nella barca proprio dietro di lei.

Adolfo la coprì immediatamente con il suo mantello, ma lei sapeva di non essere l'unica ad aver bisogno di calore. Isabella si avvicinò all'uomo che aveva appena salvato e avvolse il mantello intorno a entrambi, stringendolo al suo corpo fradicio per conservare il calore rimasto.

Sentì i brividi attraversare il corpo di lui e poté solo replicarli. Era vivo.

2

Isabella strappò i vestiti bagnati dal corpo dello sconosciuto, mentre la sua cameriera Elisabetta rimase con gli occhi spalancati. «Non state lì impalata, accendete il fuoco», le ordinò.

«Signora, non dovreste lasciare che sia uno dei camerieri a farlo?»

Isabella le lanciò un'occhiata infastidita. «Non c'è tempo per il pudore». Aveva già sprecato minuti preziosi per liberarsi dei suoi vestiti bagnati e asciugarsi prima di infilarsi una sottoveste e una vestaglia.

Adolfo l'aveva aiutata a far salire lo sconosciuto nelle sue stanze e lo aveva fatto accomodare sul divano di fronte al camino. Lei gli aveva ordinato di non parlare di quell'uomo. Avere un estraneo che non era né suo marito né un parente stretto a casa sua avrebbe fatto agitare tutte le lingue di Venezia. Tuttavia, sapeva che era solo questione di tempo, prima che uno dei suoi collaboratori spettegolasse e diffondesse la notizia scandalosa.

Nonostante il fatto che avesse pianto suo marito per quasi un anno senza farsi un amante, senza permettere a nessun uomo di corteggiarla nemmeno nei modi più accettabili, persino lei, una vedova rispettabile, non ne sarebbe uscita indenne. Se qualcuno avesse scoperto che un estraneo si trovava in casa sua (peggio ancora, nella sua camera da letto), avrebbe dovuto affrontarne le conseguenze. Sarebbero state dure. Ne sarebbe valsa la pena? Non aveva mai desiderato il tocco o l'attenzione di un uomo, solo quelli di suo marito. Fino ad ora.

Mentre guardava l'alto sconosciuto al quale stava togliendo i vestiti strato dopo strato, fu grata del fatto che la sua cameriera fosse impegnata ad accendere il fuoco, perché non voleva essere osservata, mentre divorava il bell'uomo con gli occhi.

Isabella lasciò che la propria mano percorresse il petto muscoloso di lui e sentì la forza bruta che rappresentava. Si chiese che tipo di lavoro facesse, quell'uomo, per avere una tale forza nel suo corpo. Ma sapeva che non era un comune operaio che lavorava nei magazzini o sui moli. I suoi abiti erano troppo ben fatti e troppo costosi. Doveva essere un gentiluomo, un gentiluomo molto ben piazzato.

Nel momento in cui aprì la patta dei pantaloni di lui, aprendo un bottone dopo l'altro, il suo corpo si riscaldò, nonostante il freddo che aveva preso nell'acqua gelata. Nessun uomo era mai stato in grado di accendere quel tipo di reazione nel suo corpo, nemmeno il suo defunto marito. Avevano avuto un matrimonio amorevole, molto piacevole, ma lei non lo aveva mai desiderato come desiderava quello sconosciuto.

Il tessuto si aggrappava al corpo di lui. Si disse che avrebbe dovuto strapparglielo di dosso, per non farlo morire di freddo, ma sapeva che non era tutto. Il motivo per cui strattonava con forza i suoi vestiti fradici era per saziare i propri occhi con quello che c'era sotto. Lo spogliò e lasciò cadere gli indumenti bagnati sul tappeto.

«Datemi una bacinella con acqua calda e una spugna».

Dietro di lei, Elisabetta si avvicinò. Un sussulto le disse che la cameriera stava guardando l'uomo nudo. Isabella spostò il proprio corpo per ostacolare la vista della cameriera. Non voleva condividerlo. Che strano pensiero, rifletté. Non era suo, eppure voleva essere l'unica a vederlo così: vulnerabile nella sua nudità.

«Signora! Non è decoroso!».

Isabella girò la testa e strappò la bacinella d'acqua dalle mani di Elisabetta. «Lasciateci. E non dite una parola di tutto questo a nessuno, se tenete alla vostra posizione qui. Mi avete sentita?».

Lei annuì nervosamente e uscì dalla stanza. Isabella guardò di nuovo il bellissimo uomo nudo di fronte a lei e fece un respiro profondo. Avrebbe dovuto lasciare che fosse uno dei suoi servitori maschi a farlo, ma non riusciva a rinunciare a quel compito intimo.

Con la spugna lo lavò, iniziando dal viso. I suoi capelli scuri, lucidi e brillanti come le piume di un corvo, si appiccicavano alla sua pelle. Mentre gli lavava delicatamente il viso, Isabella si chiese che tipo di occhi si celassero dietro quelle ciglia scure. I suoi occhi sarebbero stati scuri come i suoi capelli? E quelle labbra le avrebbero sorriso, se lui avesse saputo cosa stava facendo? Sospirò. Era passato così tanto tempo dall'ultima volta che aveva toccato un'altra persona. E toccare lui era più eccitante di quanto avesse potuto immaginare.

Isabella pulì ogni centimetro del suo corpo con acqua calda, poi lo asciugò con un grande telo da bagno. E nel frattempo si meravigliò della bellezza del suo corpo nudo. Cosce forti e potenti, un petto muscoloso coperto da una leggera spolverata di peli scuri, braccia che sembravano forti. Ma ciò che catturò veramente la sua attenzione fu ciò che si trovava all'incontro delle sue cosce.

In un nido di riccioli neri e selvaggi, una grossa asta poggiava sul suo scroto, che sembrava contenere due piccole uova. Sapeva tutto sulla forma maschile: suo marito era stato un uomo virile e le aveva insegnato i piaceri della carne, come eccitarlo e come dargli piacere.

Ora che guardava quello sconosciuto, voleva fare proprio questo: eccitarlo, dargli piacere. Con la mano accarezzò la sua virilità, esplorando la sua pelle morbida. Quanto le mancava, toccare un uomo. Quanto desiderava l'invasione che allargava il proprio canale fino alla sua massima capacità. E quest'uomo l'avrebbe allargata. Anche in stato di rilassamento, era di dimensioni impressionanti. Una volta eccitato, sapeva che sarebbe stato grandioso.

Improvvisamente, lui si mosse sotto il suo tocco, facendola trasalire. Isabella prese immediatamente la spessa coperta e la tirò su di lui, coprendone lo splendido corpo.

QUALCUNO AVEVA COMMESSO UN ERRORE. A tutti gli effetti, lui avrebbe dovuto essere all'inferno. Ma da quello che Raffaello poteva vedere, era riuscito a entrare in paradiso. Non si sarebbe mai aspettato che ci fosse un paradiso, per i vampiri. Ma non si sarebbe lamentato, no, non avrebbe espresso le sue preoccupazioni, anche se sapeva di non meritarlo.

Quella donna era chiaramente un angelo. I suoi capelli corvini erano sciolti, non tenuti in alto sulla testa con centinaia di forcine, come andava di moda. E il suo abbigliamento era a dir poco indecente. Indossava una lunga vestaglia rossa di ricco broccato ricamato con rose dorate. Era stretta in vita, ma la parte superiore si apriva, quando lei si chinava su di lui. Lui notò il morbido tessuto bianco sottostante che si aggrappava ai suoi seni generosi.

No, non poteva essere una mortale. Nessuna donna a Venezia si sarebbe vestita in modo così scandaloso, alla presenza di un uomo che non fosse suo marito. Era una prova inconfutabile che lui era in paradiso. Perché fosse sdraiato su un divano in un salottino molto femminile, non riusciva ancora a spiegarselo, ma ne sarebbe venuto a capo. Non riusciva nemmeno spiegare perché sentisse freddo. Anzi, stava proprio rabbrividendo.

«Dirò a Elisabetta di mettere altro carbone sul fuoco tra un momento», disse l'angelo.

Carboni in paradiso? Raffaello aveva pensato che avessero inventato qualcosa di più avanzato. Quando lei allungò la mano e gli accarezzò il viso, si rese conto che la sua pelle era fredda quasi quanto la propria. Poteva certamente fare qualcosa al riguardo.

«Siete sveglio. Finalmente. Eravamo preoccupati». La sua voce era come la musica più bella che avesse mai sentito.

Preoccupati che non riuscisse a raggiungere il paradiso? «Angelo mio, non dovrai più preoccuparti. Ora sono qui». Raggiunse la mano di lei e se la portò alla bocca, baciandole il palmo. Il bouquet floreale della sua pelle mascherava a malapena il profumo pesante e ricco del sangue nelle sue vene. Nonostante il fatto che si fosse nutrito poco prima di morire, sentì le zanne prudere e lo stomaco stringersi, per la sete che gli era venuta per il sangue dell'angelo.

Quella bellezza staccò la mano dalla sua presa. «Signore, non c'è bisogno di questa familiarità».

Raffaello abbassò lo sguardo sulla sua scollatura. «Familiarità? Forse intendi formalità?». Le rivolse un sorriso affascinante, lo stesso tipo di sorriso che usava per attirare a sé le proprie vittime femminili. Mentre spostava gli occhi verso il viso di lei e fissava i suoi occhi verdi, portò la mano al suo volto. Fu allora che notò l'assenza di vestiti sulla propria persona. Perché era nudo?

Sicuramente, se era senza vestiti sotto la coperta e con il più bell'angelo che si chinava su di lui, poteva esserci solo una ragione: era qui per fare l'amore con lei. Dopotutto, era il paradiso. «Hai ragione, angelo mio, perché baciare la tua mano quando le tue labbra sono così rosse e piene?».

Raffaello la tirò a sé e sfiorò le sue labbra. Un sussulto fu la sua risposta. «Shh, angelo mio, lascia che ti ami».

Catturò la bocca dell'adorabile creatura e le passò il braccio libero intorno, premendola contro di lui. Lei sembrò voler protestare, ma lui non lo permise. Invece, fece scivolare avidamente la sua lingua tra le labbra dischiuse e la esplorò.

Il suo sapore pungente era ammaliante, le sue labbra morbide e arrendevoli. Il suo sapore era seducente come il suo profumo aveva lasciato intendere. Sì, avrebbe fatto l'amore con lei e allo stesso tempo avrebbe preso il suo sangue inebriante, si sarebbe ingozzato di lei, per celebrare il suo arrivo in paradiso.

La sua lingua la esortava a rispondere, a ballare con lui nell'intima danza di due amanti. Quando la accarezzò per la prima volta, il suo cazzo si riempì di sangue, preparandosi per lei. Premette il corpo di lei più vicino per renderla consapevole del suo urgente bisogno.

Quando le mani di lei si spinsero contro il suo petto, lui pensò che fosse per liberarsi dei vestiti, ma lei si separò completamente da lui e saltò su dal divano.

Isabella fece qualche passo indietro, il suo corpo tremava, ma lui dubitava che fosse per la paura. Il suo sguardo era di rimprovero, mentre lo fissava. «Signore! È questo il ringraziamento che ricevo per essermi presa cura di lei dopo che era quasi annegato? Essere aggredita da lei nella mia stessa casa?».

3

Isabella si premette la mano sul petto. Il suo cuore batteva freneticamente. Lui l'aveva baciata! Lo sconosciuto l'aveva baciata e le aveva fatto provare cose che non aveva mai sperimentato. Ma lei non poteva permetterlo, non poteva ricevere il piacere che le offriva, quando non sapeva nulla di lui. Era un perfetto sconosciuto, un furfante, per quanto ne sapeva, e molto probabilmente lo era davvero, considerando il suo comportamento. Se avesse ceduto alle sue avances, si sarebbe trasformata in una comune prostituta. Aveva già esagerato solo toccandolo. Non avrebbe dovuto portarlo qui. Era un pericolo per il suo corpo e per il suo cuore.

«La mia vita è stata salvata?». La sua voce era piena di incredulità. Si alzò a sedere, lasciando cadere la coperta fino allo stomaco, esponendo il petto muscoloso.

Isabella distolse lo sguardo. «Sì, lei è stato uno dei fortunati».

«Quindi questo non è il paradiso?».

«Paradiso?». Era questo che aveva pensato? «No, questa è Venezia. Ricorda qualcosa di quello che le è successo?». Il suo battito si calmò un po'. Era stato tutto un malinteso? L'aveva chiamata *Angelo*; più volte, in effetti. Aveva davvero creduto di essere in Paradiso e pensava che lei fosse un angelo? Era per questo che l'aveva baciata?

«Signora, le mie più sincere scuse», disse lui, e tentò di alzarsi, poi sembrò rendersi conto di essere senza vestiti. «Vorrei alzarmi e inchinarmi per chiedere il vostro perdono, ma sembra che io non abbia l'abbigliamento adatto per farlo».

Nonostante le sue parole sincere, c'era un sorriso sul suo viso, che faceva risaltare le fossette sulle sue guance. Sembrava giovane, più giovane di quanto lei avesse pensato. Isabella seguì il suo sguardo verso il mucchio di vestiti bagnati che giacevano sul pavimento.

«Sembra che i miei abiti siano inutilizzabili, al momento». Poi la guardò, con un lato della bocca inclinato in un sorriso. «Mi avete aiutata voi, a toglierli?».

Isabella si sentì arrossire fino alle radici dei capelli. Lui lo sapeva! Era forse sveglio, quando lei lo aveva spogliato? L'aveva sentito, quando lei aveva accarezzato il suo corpo nudo, l'aveva lavato, l'aveva asciugato? Aspirò una boccata d'aria agognata, temendo di svenire per l'imbarazzo acuto che la stava attraversando. Era stata una sciocca. La sua reputazione sarebbe stata distrutta per sempre e avrebbe dovuto lasciare Venezia, perché la società perbene l'avrebbe evitata.

Lui fece una risatina sommessa. «Ah, capisco. Beh, Signora, allora sembra che io non abbia nulla da nascondere». Lei sentì che la coperta veniva gettata a terra e gli voltò immediatamente le spalle.

Raffaello si alzò e un secondo dopo lei lo percepì un passo dietro di lei. «Signore, dirò ai miei servitori di portarle alcuni abiti di mio marito», si affrettò a dire.

«Marito?». chiese lui, facendo un respiro affannoso.

«Del mio defunto marito, sì». Isabella si diresse verso la porta, cercando di lasciarsi alle spalle la tentazione, ma lui la seguì. Quando le mani di lui le afferrarono le spalle, le si mozzò il fiato.

Il sollievo sembrò colorare la sua voce, quando parlò di nuovo. «Vi sono molto grato per tutto quello che avete fatto per me. Molto grato», sottolineò lui.

Poi la fece girare in modo da guardarla in faccia. «Raffaello di Santori, al suo servizio».

Lei girò la testa di lato, assicurandosi che il proprio sguardo non si abbassasse, perché sapeva cosa avrebbe visto: il suo corpo nudo e molto invitante. E se si fosse concessa di rifarsi gli occhi con lui ancora una volta, avrebbe ceduto alla tentazione di toccarlo.

«Signore, decisamente non è il momento di fare presentazioni». Lei cercò di liberarsi dalla sua presa, ma le mani di lui le strinsero le spalle con fermezza.

«Quando, allora, se non adesso? O preferite che vi prenda con la forza, prima di scoprire il vostro nome?».

Il suggerimento arrogante di lui le fece voltare la testa nella sua direzione. «Non ci sarà nessuna violenza, signor di Santori. Sono una vedova rispettabile. Una volta vestito, può scendere in salotto, così potremo parlare».

Isabella si liberò dalla sua presa e si girò verso la porta. Lui non la seguì.

«Il vostro nome, Signora». Quando lei esitò, lui aggiunse: «Per favore».

La dolcezza della sua voce la fece cedere. «Isabella Tenderini». Poi uscì dalla stanza, a testa alta, cercando di mantenere la sua dignità. Quando si chiuse la porta alle spalle, la risata di lui la seguì. *Insolente, arrogante libertino!*

RAFFAELLO NON RIUSCIVA A SMETTERE di ridere. Oh, quella donna aveva il fuoco, nel ventre. Lo aveva fatto sentire vivo. Diavolo, lui era vivo! E aveva centinaia di domande. Era stato uno dei suoi servitori a tirarlo fuori dall'acqua? Ma, soprattutto, chi era quella donna affascinante che lo aveva chiaramente spogliato?

E non solo, ora che il suo profumo inebriante non gli inondava più le narici, notò che la sua stessa pelle non odorava delle acque torbide del canale, come si sarebbe aspettato. Qualcuno lo aveva lavato. I suoi occhi scrutarono la stanza sontuosamente decorata, e il suo sguardo si posò immediatamente sul letto a baldacchino e sulle infinite possibilità che suggeriva. *Calmati, ragazzo mio*, si mise in guardia da solo, e continuò a scrutare la camera. Chiaramente, la camera di lei.

Quando i suoi occhi caddero su una bacinella con dell'acqua e una spugna, sorrise tra sé e sé. Era stata Isabella a lavarlo, a prendere la spugna tra le sue mani eleganti e a lambire il suo corpo con essa. Aveva cullato le sue palle? Aveva preso in mano il suo cazzo, mentre svolgeva questo compito intimo?

Non c'era da stupirsi che fosse arrossita come una novellina. Adesso capiva. Isabella aveva toccato il suo corpo intimamente, più intimamente di chiunque altro da molto tempo, e ora si sentiva in imbarazzo, per questo. Le era piaciuto, quello che aveva visto? Forse lo aveva anche massaggiato, accarezzato? Le sue labbra avevano seguito il percorso che le sue mani avevano esplorato per prime?

Per Dio, era duro solo al pensiero di tutte le cose che lei avrebbe potuto fargli, mentre era incosciente. Non si sentiva minimamente violato dal sapere che lei aveva sfruttato la sua vulnerabilità. No, tutto ciò contribuiva a farlo eccitare. L'unica cosa a cui riusciva a pensare era se l'avrebbe fatto di nuovo.

Chiaramente, come vedova, aveva familiarità con i piaceri della carne. Non era una timida vergine, ma una donna adulta che sapeva riconoscere i propri bisogni carnali. Lui le aveva sentite ribollire sotto la sua pelle, quelle passioni che lei teneva nascoste. Trovare la chiave per sbloccare quei desideri e fare in modo che lei li liberasse su di lui, sarebbe stata la sua sfida più grande. Sì, ecco ciò che avrebbe fatto: sedurla fino a portarla nel proprio letto (o nel suo, a seconda dei casi) e farla arrendere a lui.

Era da un po' che non si trovava davanti a una sfida come quella. La maggior parte delle donne cadeva tra le sue braccia e nel suo letto senza troppi problemi, senza che servisse molto più di un sorriso e un occhiolino da parte sua. Nonostante il bacio che gli aveva permesso di rubare, Isabella non avrebbe ceduto facilmente. Il suo severo rimprovero lo aveva reso chiaro. Era tornata in possesso del proprio controllo. E lui avrebbe fatto di tutto per spezzare quel controllo, come un semplice ramoscello schiacciato dai passi di un cacciatore. Semplicemente perché poteva farlo. E perché lei era il bocconcino più prelibato che avesse assaggiato da molto tempo.

4

Raffaello trovò l'elegante salotto in cui Isabella lo aspettava, dopo essersi vestito. Gli abiti del defunto marito di lei gli calzavano a pennello, e sicuramente quell'uomo aveva avuto molto gusto. E proprio come si era infilato perfettamente nei calzoni, nella camicia e nella giacca di quell'uomo, Raffaello voleva infilarsi nella sua vedova. Era sicuro che lei gli sarebbe calzata altrettanto perfettamente.

Isabella era in piedi vicino al camino e gli dava le spalle, quando lui entrò. I suoi capelli erano ora legati in uno stretto chignon basso sulla nuca. Ed era vestita con un abito adatto a qualsiasi nobildonna di Venezia. Se lei voleva fingere di essere una persona compita e corretta, lui l'avrebbe lasciata fare, ma poi avrebbe rivelato ciò che si celava sotto la sua rispettabile apparenza: una donna passionale.

«Signora Tenderini», la salutò.

Un brivido visibile le attraversò il corpo. Non l'aveva sentito entrare? Forse era così abituato a stare in silenzio, quando si avvicinava agli umani, che era diventata un'abitudine di cui non si accorgeva nemmeno più. Annotò mentalmente di cercare di non spaventarla di nuovo.

Isabella si girò e lo guardò. I suoi lineamenti erano tesi, come se avesse riflettuto a lungo su qualcosa. Un cipiglio turbava il suo bel viso. Le sue labbra serrate erano la prova che stava soppesando le sue prossime parole.

«Sono lieta di vedere che il vostro quasi annegamento sembra non aver prodotto lesioni durature». Mentre parlava, la sua spina dorsale rimase rigida, come se si stesse sforzando di rimanere formale.

Raffaello annuì e le fece un leggero inchino. «Sono grato ai vostri servitori e vorrei fare un piccolo regalo in denaro all'uomo che mi ha tirato fuori dal canale, se me lo permettete». Chiunque fosse stato così coraggioso da gettarsi nelle acque gelide e avesse avuto la forza di tirarne fuori il suo corpo pesante, doveva essere ricompensato.

«Il mio gondoliere è già stato ricompensato da me. Non è necessaria un'ulteriore ricompensa».

Gli avrebbe comunque dato una bella somma di denaro. La sua vita la valeva tutta. Ma con Isabella si limitò ad annuire, non volendo contraddirla. «Vi ringrazio per la vostra generosità. E se posso, mi scuso ancora una volta per il mio comportamento inappropriato nei vostri confronti. Permettetemi di assicurarvi che...».

«Non sono necessarie rassicurazioni», lo interruppe lei. «Le circostanze traumatiche spiegano il vostro comportamento. Sono una vedova rispettabile e ho una posizione nella società veneziana che non voglio mettere a repentaglio. Confido nella vostra discrezione».

Raffaello si inchinò e sorrise tra sé e sé, cancellando il sorriso dal volto non appena si raddrizzò. Lei aveva chiesto la sua discrezione? Poteva significare solo una cosa: voleva che lui fosse il suo amante.

Non si aspettava che lei gli facesse un'offerta del genere. Forse l'aveva sottovalutata. Forse era una vedova che si faceva spesso degli amanti. Il pensiero lo turbò, pur non comprendendone il perché. «La mia discrezione mi precede, Signora».

«Bene. Allora vi saluto. Il mio gondoliere vi riporterà a casa».

Lo aveva congedato? Ma lui non le aveva appena assicurato che sarebbe stato discreto? Che nulla della loro relazione sarebbe arrivato alle orecchie della società veneziana?

«Signora? Non capisco. Come vi ho appena assicurato, la mia

discrezione è impareggiabile. Non trapelerà nulla della nostra relazione...».

«Relazione?». Gridò lei, facendo un passo indietro. «Pensavate che vi stessi proponendo una relazione?». Il suo petto si gonfiò e le sue guance divennero di nuovo di una bellissima tonalità di rosso. E non solo. Raffaello poteva vedere la vena del suo collo pulsare. Era una vista che gli fece venire voglia di caricarsela sulle spalle, di gettarla sulla superficie piana più vicina e di sollevarle le gonne prima di scoparla e affondare le zanne...

«Vi consiglio di lasciare immediatamente la mia casa. Sono una donna rispettabile, non una sgualdrina».

L'indignazione nella voce di lei lo fece riflettere. Sembrava che la sua sfida non sarebbe stata così facile da vincere come aveva pensato.

Si inchinò di nuovo, mentre si ritirava. Per ora. Avrebbe trovato un modo per conquistarla, prima o poi.

Il gondoliere lo aspettava al molo. «Signore, dove andiamo?».

Raffaello salì sulla barca e si sedette, prima di dare all'uomo un indirizzo vicino a casa sua. Stava attento a non rivelare mai a nessuno la posizione reale della sua abitazione. Ne andava della sua vita.

«Molto bene, signore».

Raffaello si appoggiò allo schienale e lasciò che i suoi pensieri tornassero a Isabella. Perché avesse improvvisamente pensato che lei gli stesse facendo un'offerta per iniziare una relazione intima, poteva solo essere colpa di quello che era successo nella sua camera da letto. Perché portarlo lì, spogliarlo, molto probabilmente accarezzarlo, mentre era incosciente, se non avesse avuto intenzione di andare fino in fondo?

E perché si era vestita in modo così provocante, quando si era presa cura di lui? Perché non era rimasta con il suo abito elegante e immacolato? Perché il suo abbigliamento scandaloso non aveva fatto altro che istigarlo a baciarla. Maledetto quel bacio. Non riusciva a dimenticarlo, per quanto breve fosse stato. Poteva ancora sentire il suo sapore sulla lingua.

«Siamo arrivati, signore». Il gondoliere si fermò accanto a un molo.

Raffaello alzò lo sguardo verso l'uomo. «Se voleste aspettare qui per qualche minuto, in modo che io possa recuperare delle monete, vorrei ricompensarvi per avermi salvato la vita».

Il gondoliere gli lanciò un'occhiata stupita. «Ma, signore, non sono stato io a buttarmi in acqua per tirarla fuori».

«Allora chi è stato?». Raffaello fissò l'uomo, ma il gondoliere esitò.

«Mi dispiace, mi sono espresso male», affermò l'uomo.

Raffaello sapeva riconoscere una bugia, quando la sentiva. Il sospetto si insinuò nella sua spina dorsale. Alzò la voce. «Chi è saltato nel canale per salvarmi?».

Il gondoliere abbassò lo sguardo. «La Signora».

Lo shock attraversò il corpo di Raffaello. Isabella aveva sfidato le fredde acque del canale per salvarlo? «La signora Tenderini?».

«Sì, Signore. È stata lei, a salvarle la vita».

Isabella sospirò profondamente. Non era riuscita ad andare fino in fondo. Più di ogni altra cosa, avrebbe voluto chiedergli di avere una relazione con lei, una relazione molto discreta e molto breve, solo per ricordarsi cosa si provasse a dormire fra le braccia di un uomo. Ma il pensiero che prima o poi sarebbero stati scoperti l'aveva fatta desistere.

Il cugino del suo defunto marito, Massimo, la teneva sotto stretta sorveglianza, cercando sempre di trovare un modo per sottrarle ciò che il marito le aveva lasciato: la sua attività di commerciante. Come parente maschio, si aspettava di ereditarla, dopo la sua morte. Tuttavia, il suo amato Giovanni aveva altre idee. L'aveva sempre vista per quello che era: una donna forte e intelligente, più che capace di gestire un'attività da sola. Il suo testamento lo aveva dichiarato.

Dopo essere stato lasciato a bocca asciutta, Massimo si era preso la briga di frugare nella sua vita privata e di scavare alla ricerca di qualsiasi cosa ci fosse da trovare. Non aveva trovato nulla. Era stata virtuosa prima del matrimonio e lo era rimasta anche dopo la morte di Giovanni. Se avesse fatto anche solo un passo falso, Massimo se ne sarebbe approfittato. Avrebbe diffuso il pettegolezzo nella società veneziana e si sarebbe assicurato che non solo lei, ma anche la sua attività venisse emarginata. Isabella sapeva che quello era il suo piano. Una volta che lei fosse stata abbandonata e messa ai margini dalla società civile, lui le avrebbe sottratto l'attività per una cifra irrisoria.

No, non avrebbe mai potuto lasciarsi andare e cedere ai desideri che avevano iniziato a ribollire in lei. Solo un altro matrimonio sarebbe andato bene. Tuttavia, dopo la morte di Giovanni, non aveva incontrato nessun uomo che desiderasse anche solo lontanamente come marito.

E il furfante che aveva appena lasciato la sua casa? Non era il tipo di uomo che avrebbe fatto una proposta di matrimonio a una donna rispettabile come lei. Lo aveva visto nei suoi occhi: la lussuria, la passione, il calore. Tutto quello che voleva era soddisfare i suoi impulsi carnali, farla capitolare. E anche se non lo aveva visto nei suoi occhi, le parole di quell'uomo lo avevano reso chiaro. Si aspettava una relazione.

Il suo stesso corpo l'aveva quasi tradita, quando Raffaello era rimasto lì davanti a lei. Avrebbe voluto correre tra le sue braccia, chiedergli, implorarlo, di fare l'amore con lei, di bloccarla sotto il suo bellissimo corpo nudo e di farla impazzire. Farle sentire la sua asta dura dentro di lei, riempirla, soddisfarla. Le era servita tutta la forza che aveva per non cedere. La sua vita come la conosceva sarebbe finita, se lo avesse fatto.

Già portando Raffaello, *oh, che nome meraviglioso*, nella sua casa e occupandosi personalmente di lui, aveva rischiato troppo. Poteva solo sperare che Elisabetta temesse la sua minaccia. Di Adolfo si fidava al cento per cento. Era il suo alleato, l'unico dei suoi servitori che le era completamente fedele. Elisabetta era da poco alle sue dipendenze e, Isabella sperava, troppo intimidita da lei per andare contro i suoi severi ordini. Prima di assumerla, aveva fatto ricerche approfondite sul suo passato, assicurandosi che non avesse legami con Massimo. Massimo aveva già abbastanza spie in casa sua.

Ora poteva solo sperare che al mondo esterno non arrivasse nessuna notizia di ciò che era accaduto quella sera nella sua casa.

5

Isabella attese che Elisabetta le slacciasse il corsetto e se lo tolse. Rimase in sottoveste e mutandoni. I suoi capelli erano già stati liberati dalle forcine che li tenevano raccolti e ora pendevano sciolti intorno alle sue spalle.

«Per stasera è tutto». Incontrò lo sguardo di Elisabetta nello specchio. «E non dimenticate, una sola parola su quello che è successo qui stasera e non troverete mai più lavoro a Venezia».

Lei fece un inchino. «Sì, Signora».

Quando la cameriera lasciò finalmente la sua camera da letto, Isabella emise un sospiro silenzioso. Non poteva fare altro che sognare. Almeno aveva salvato una vita, quella notte. Sperava che ne fosse valsa la pena.

«Finalmente, credevo che la ragazza non se ne sarebbe mai andata». La voce profonda proveniva da dietro le tende.

Si girò sulla sedia e vide Raffaello di Santori uscire dal suo apparente nascondiglio. Sussultando, si premette una mano sul petto e cercò freneticamente la sua vestaglia. «Signore, questo è un oltraggio! Come avete fatto a entrare qui?».

Lui indicò la finestra. «Mi sono arrampicato. E non vi preoccupate, nessuno mi ha visto. Capisco quanto voi ci teniate, alla discrezione».

Isabella si premette la vestaglia sul davanti del corpo per coprirsi il più possibile. Aveva il cuore in gola. Solo un libertino sarebbe entrato nella camera da letto di una donna senza invito. «Apprezzerei ancora di più se voi spariste con la stessa discrezione». Fece una pausa a effetto. «In questo istante».

Raffaello si avvicinò di un passo. «Non posso farlo».

«Certo che potete», insistette lei. «Sicuramente, se siete riuscito a entrare, riuscirete anche a uscire».

Lui fece il suo incredibile sorriso storto e la guardò con i suoi brillanti occhi blu. Non aveva mai visto un uomo con degli occhi così ipnotici. «Quello che volevo dire è che non lo farò. Perché voi, Signora, mi avete mentito».

Lei si alzò di scatto dalla sedia. «Mentito?». Di cosa la stava accusando? E poi, che importanza aveva? Stava violando la sua proprietà.

«Voi avete rischiato la vostra vita per salvare la mia. Perché mi avete fatto credere che il vostro servo mi avesse salvato?».

«Oh, quello».

«Sì, quello».

Prima che lei si rendesse conto di ciò che stava per fare, lui colmò la distanza tra loro e le strinse le spalle con le mani. «Non capite in quale pericolo vi siete messa? Sareste potuta annegare con me, donna! Come avete potuto essere così negligente con la vostra stessa vita? Sapete quanto sono pesante? Ci avete mai pensato?».

A ogni parola sembrava arrabbiarsi di più. Lei non riusciva a capire perché. Dopotutto, erano entrambi al sicuro. «Ma siamo entrambi vivi».

«Per chissà quale colpo di fortuna! Avreste potuto perdere la vita per me, un estraneo. Non sapete nemmeno se valeva la pena salvarmi». I suoi occhi diventavano sempre più scuri, la sua voce più dura a ogni parola che pronunciava.

«Non potevo lasciarvi annegare. Ogni vita vale la pena di essere salvata».

Perché quella bellezza dai capelli corvini riuscisse a farlo infuriare in quel modo, a Raffaello sfuggiva. Eppure, lo faceva. Nel momento in cui aveva sentito il gondoliere dire che era stata lei a gettarsi nelle acque gelide per salvarlo, Raffaello si era sentito come se una mano ghiacciata gli avesse stretto il cuore. Per la prima volta nella sua vita, la vera paura aveva attraversato il suo corpo. Paura per un'altra persona. Paura di quello che sarebbe potuto accadere a lei.

E quando il gondoliere gli aveva raccontato quanto a lungo Isabella era rimasta sott'acqua e quanto era stato difficile tirarli su, tutto ciò che riuscì a pensare fu di darle delle sonore sculacciate per darle una lezione, in modo che non si mettesse mai più sulla strada del pericolo come aveva fatto.

«Dannazione, donna, se fossi vostro marito, mi assicurerei che voi non saltaste mai più in un canale ghiacciato e rischiaste la vita». Sì, se Raffaello fosse stato suo marito, ci sarebbero state molte cose che le avrebbe fatto, a cominciare da...

«E come cerchereste di ottenere questo risultato, uomo arrogante e ingrato!» sbottò Isabella e allontanò le mani di lui.

Arrogante? Forse. Ma ingrato... No, Raffaello non era irriconoscente per aver ricevuto una seconda possibilità. Ma era arrabbiato per l'apparente mancanza di preoccupazione che lei aveva per la propria sicurezza. Per quanto riguardava l'evitare che si buttasse nei canali per salvare degli sconosciuti che stavano annegando? Aveva il rimedio giusto, per quello.

Con un solo movimento, la tirò nel suo abbraccio e le strappò la vestaglia dalle mani, facendola cadere sul pavimento. «Quando avrò finito con voi, non avrete più energie per nuotare in canali sporchi e salvare sconosciuti non meritevoli».

La sua bocca catturò le labbra carnose di lei. Lei le aveva aperte, chiaramente per esprimere la sua protesta, un fatto che lui ora stava sfruttando a proprio vantaggio. Con avidità, Raffaello passò la lingua tra le sue labbra e si tuffò in lei. La deliziosa cavità della sua bocca lo accolse con il sapore inebriante di una donna eccitata.

Raffaello aveva notato che non la lasciava indifferente e questo gli fece un enorme piacere. Non stava portando a letto una timida verginella. No, la donna dal sangue caldo tra le sue braccia sapeva benissimo cosa sarebbe successo ora, o almeno lo sapeva il suo corpo. E il suo corpo non protestò più. Al contrario, le braccia di lei si strinsero intorno al suo collo, una mano si infilò nei suoi capelli, mentre lo stringeva a sé.

Raffaello sentì i suoi seni generosi schiacciati contro il suo petto, con solo la sottile sottoveste e i suoi vestiti che impedivano un contatto più ravvicinato. Era morbida in tutti i punti giusti e calda, così deliziosamente calda. Sentì il suo calore penetrargli nel corpo. La fame lo assalì, la fame del corpo di Isabella e del suo sangue. La trattenne, non volendo spaventarla. Se avesse voluto più di una sola notte, avrebbe dovuto nasconderle la sua sete di sangue. E lui voleva più di quella sola notte.

Nel momento in cui lei accarezzò con la sua lingua quella di lui, una scossa simile a un fulmine lo colpì. Un suono profondo si levò nel suo petto, il suo corpo voleva dare voce a ciò che lei gli aveva fatto. Quando Isabella lo accarezzò una seconda volta, lui liberò la bocca dalla sua e lasciò uscire il gemito che aveva minacciato di soffocarlo.

«Angelo», sussurrò contro le sue labbra, con la voce roca e senza fiato, il battito accelerato.

«Nessuno dovrà mai scoprirlo», disse lei con voce tremante.

Lui annuì con entusiasmo. «Te lo prometto». Avrebbe mantenuto la loro relazione segreta. Niente avrebbe compromesso la sua posizione nella società. Se ne sarebbe assicurato. Più a lungo sarebbe riuscito a tenere nascosta la loro relazione agli occhi indiscreti di Venezia, più a lungo l'avrebbe avuta, divorata, consumata.

Raffaello la sollevò tra le braccia e la portò al letto a baldacchino, dove la adagiò sulla biancheria fresca. Lei lo guardò con occhi spalancati, occhi pieni della consapevolezza di ciò che stava per accadere.

«Sei bellissima. Ti adorerò con ogni fibra del mio corpo».

Poi si tolse il cappotto e lo lasciò cadere a terra.

6

Lui si spogliò in bella vista. Isabella capì che voleva che lei guardasse, mentre si toglieva dal corpo un capo dopo l'altro ed esponeva la sua pelle nuda a lei.

Stava commettendo un grosso errore, permettendogli di sedurla? Quando lui si era intrufolato nella sua camera, all'inizio era rimasta scioccata. Ma lo shock si era presto trasformato in desiderio. E aveva iniziato a intravedere una possibilità. Se era vero che nessuno lo aveva visto, allora forse poteva rischiare, una volta sola. Lui se ne sarebbe andato nello stesso modo in cui era entrato e nessuno nella sua casa se ne sarebbe accorto al mattino.

Per una notte poteva abbandonarsi alla passione e al piacere. L'avrebbe sostenuta per molti anni a venire: un ricordo piacevole, qualche ora di estasi. E sapendo cosa ci fosse sotto i vestiti di Raffaello, sapeva che sarebbe stata una beatitudine. Il suo corpo era fatto per il peccato.

Trattenne il respiro, quando lui aprì di scatto il primo bottone dei pantaloni. La sua decisione fu presa quando ogni bottone fu aperto, rivelando più pelle del corpo di lui. Prima comparve la peluria scura e riccia, poi il suo cazzo si liberò da ciò che lo confinava. Duro e grosso, si incurvava leggermente verso l'alto.

Mio Dio, era molto più grosso di quando Raffaello era svenuto. Molto più grosso del suo defunto marito. In effetti, sembrava che la sua imponente asta fosse più che raddoppiata nelle dimensioni, o aveva le allucinazioni? Isabella si leccò le labbra, in trepidazione. Era molto più di quanto si aspettasse e sarebbe stata una sciocca a rifiutare un tale dono.

Riusciva solo a pensare di sentire il suo potente strumento dentro di lei, di impalarsi su di esso. Il solo pensiero la fece sudare.

«Pazienza, angelo mio», sussurrò lui, con un sorriso complice sul volto. «Tutto questo è per te, e solo per te».

Isabella incrociò il suo sguardo e rabbrividì. C'erano così tanto desiderio grezzo e lussuria, nei suoi occhi, che avrebbe dovuto essere spaventata dalla sua intensità, eppure tutto ciò non faceva altro che alimentare le fiamme nel suo corpo. Istintivamente, la sua mano si avvicinò alla giunzione delle sue cosce, a quel luogo nascosto che pulsava di un bisogno incontrollabile. Il luogo in cui l'umidità si era già diffusa.

Quando Raffaello inspirò visibilmente, lei capì che anche lui se ne era reso conto. Le sue narici si dilatarono e i suoi occhi divennero più scuri. La sua voce era un ringhio. «Tu mi uccidi».

Le sue parole non avevano alcun significato, non avevano alcun senso, ma lei le assorbì e assaporò la consapevolezza che presto lui avrebbe scatenato il suo desiderio su di lei. Come una bestia a malapena domata, stava in piedi davanti a lei, completamente nudo, ora, con il petto che si alzava e si abbassava a ogni suo respiro. I suoi occhi viaggiarono su di lei, poi si fermarono sul punto in cui la mano di lei si posava sulla sua collinetta tremante.

«Ti voglio», sussurrò lei, senza preoccuparsi di sembrare sfacciata.

Lui fece un altro respiro profondo, come se stesse bevendo il suo profumo. Nell'istante successivo, saltò sul letto, piantò ciascuna delle sue ginocchia all'esterno dei fianchi di lei e si mise sospeso sopra di lei. «Angelo mio, avrai ogni singolo centimetro di me, in qualsiasi modo tu desideri».

Poi afferrò la sua sottoveste e, senza alcuno sforzo, la strappò dalla scollatura all'orlo. Isabella poté solo sussultare, per la sua audacia. Sussultare e rabbrividire di piacere.

Nel momento in cui Raffaello strappò in due la sottile sottoveste ed espose i suoi seni ai propri occhi affamati, sentì il proprio cazzo sussultare. Lei era davvero la bellezza personificata. Mai, nella sua lunga vita, aveva visto una donna con un seno così perfetto, fatto di pelle morbida e sormontato dai capezzoli più duri possibili. Soffiò un respiro caldo su un capezzolo, suscitando un gemito strozzato da parte di Isabella.

Era così reattiva. Quando si era spogliato davanti a lei, muovendosi volutamente in modo lento per darle l'opportunità di rifarsi gli occhi con lui, aveva goduto nel vederla eccitarsi. I capezzoli di lei si erano tesi sotto la sottile sottoveste, e l'aroma che gli era arrivato alle narici lo aveva quasi fatto venire, tanto era forte il profumo.

Così deliziosa da fargli prudere le zanne, nonostante il fatto che si fosse nutrito a sufficienza prima della sua inaspettata nuotata notturna. Dovette trattenersi per non morderla e bere il suo sangue. L'ultima cosa che voleva fare era spaventarla. Tutto ciò che desiderava, per quella notte, era soddisfare le sue pulsioni carnali e fare in modo che quell'angelo si sfaldasse tra le sue braccia fino a quando non fosse crollata, incapace di muovere un altro arto. Forse allora avrebbe capito che non poteva più rischiare la vita saltando nei canali.

Il pensiero di ciò che aveva fatto lo faceva ancora rabbrividire. Se fosse stata la sua donna, non l'avrebbe mai permesso. Non l'avrebbe mai persa di vista per paura che le accadesse qualcosa di brutto. L'avrebbe protetta giorno e notte.

Raffaello fermò i suoi pensieri. Perché era così possessivo, nei suoi confronti? Non era sua, anzi, non lo sarebbe mai stata. Sarebbe stata solo una breve relazione, durante la quale avrebbe avuto la fortuna di chiamare sua una donna come Isabella, una donna che lo guardava, ora, con gli occhi pieni di desiderio. Non l'avrebbe delusa. Lei avrebbe provato il massimo piacere tra le sue braccia, quella notte, anche se gli fosse costato l'ultimo respiro.

Raffaello abbassò la testa sul suo seno e lasciò che la lingua leccasse un capezzolo, poi l'altro. Lei si inarcò verso di lui. Con un grugnito di apprezzamento, affondò le labbra su un seno e risucchiò il piccolo bocciolo duro nelle profondità della sua bocca. Anche le sue mani non rimasero inattive. Palparono i suoi splendidi seni e strinsero delicatamente la carne soda. Nonostante le proporzioni generose, si adattava perfettamente ai suoi palmi. Proprio come aveva pensato.

Il capezzolo nella sua bocca aveva un sapore più delizioso a ogni passaggio della sua lingua su di esso. Dio, non ne avrebbe mai avuto abbastanza, della sua pelle calda, o della donna sotto di essa. Mentre passava all'altro seno per dedicargli la stessa attenzione, diede rapidamente un'occhiata al viso di Isabella. Il suo viso arrossato era incorniciato dai lunghi capelli scuri, le cui ciocche si attaccavano alla pelle scintillante. Gli occhi erano socchiusi, le lunghe ciglia scure appoggiate sulla pelle. Teneva il labbro inferiore stretto tra i denti.

Raffaello sorrise. «Angelo mio, stasera non ci sarà nessun freno. Qualunque cosa tu senta, voglio sentirla».

Gli occhi di Isabella si aprirono di scatto, fissandolo con uno sguardo sorpreso. «Ma non è decente». La sua voce era senza fiato.

«Non c'è nulla di decente, in quello che faremo stasera. Quindi, lasciati andare e mostrami chi sei». Voleva vedere la donna appassionata sotto l'apparenza perfetta, la donna coraggiosa che aveva rischiato la propria vita per salvare la sua.

Di nuovo, le prese in bocca il capezzolo e lo tirò.

«Oh!» piagnucolò lei.

«Così, angelo», la lodò e si spostò più in basso, mordicchiandola nel suo cammino verso sud. Quando raggiunse la parte superiore dei mutandoni, tirò i lacci e allentò l'indumento. Senza sforzo, la liberò, mettendo a nudo il tesoro sottostante.

E che tesoro era. I suoi riccioli scuri brillavano del suo miele. Senza esitazioni, lei allargò le cosce e lui accettò l'invito e si sistemò tra le sue gambe. Le diede dei piccoli baci sulla ciocca scura di peli, poi le mise le mani sulle cosce e la esortò a divaricarle ulteriormente. Lei si contorse sotto la sua presa. La sua bocca si spostò più in basso e si posò sulla sua fessura umida.

«Non dovresti farlo», disse Isabella.

Lui alzò gli occhi e incontrò il suo sguardo. «Non ti piace?».

«Non lo so».

La sorpresa lo colpì. «Tuo marito non ha mai...?». Lasciò che la domanda rimanesse sospesa nella stanza.

Lei scosse la testa. «Mi ha insegnato cosa fare con lui. Ma non ha mai... non è pulito».

Che tipo di marito era stato? Si prendeva il suo piacere, ma non le dava lo stesso in cambio? Raffaello inspirò bruscamente, assorbendo il suo profumo seducente. «È più che pulito. Il tuo profumo mi fa impazzire e ci priveresti entrambi di questo piacere, se non mi permettessi di assaggiarti».

Gli occhi di lei si allargarono. «Vuoi questo?».

«Più di ogni altra cosa». Poi affondò semplicemente la bocca sulla sua fica calda e tirò fuori la lingua per fare il primo assaggio. Quando il miele di lei si diffuse sulla sua lingua e gli colò in gola, le sue viscere si strinsero, per il lampo che lo attraversò. Ringhiò e la leccò di nuovo.

Isabella era un tipo di banchetto al quale non aveva mai preso parte. Avrebbe persino rinunciato al sangue, se lei gli avesse permesso di ingozzarsi del suo miele. Si sentiva come un pirata, che saccheggiava la sua dolce grotta dei tesori. L'intimità della sua azione non gli sfuggiva. Era il primo, il primo uomo che la assaggiava così intimamente, che beveva da lei. Una scarica di calore lo attraversò al solo pensiero.

Con lasciva lentezza, lambì le pieghe umide di lei, passando la lingua lungo la sua fessura. Quando si spostò più in alto, riconobbe il cambiamento istantaneo del suo respiro. Nel momento in cui raggiunse il nodo gonfio che si trovava appena sopra l'ingresso del suo canale, lei si contorse sotto la sua presa. Poteva sentire il battito frenetico del suo cuore, i suoi respiri ansimanti. Poi leccò il suo bocciolo. Il suo nome esplose dalle labbra di Isabella, mentre i suoi fianchi si inarcavano contro di lui.

«Così, angelo», la lodò, risucchiò il fascio di carne nella sua bocca e tirò.

Ora i suoi gemiti e i suoi ansimi si fecero più pronunciati. Leccata dopo leccata, la adorò, mordicchiando, succhiando, baciando e divorando la sua dolce fica. E a ogni tocco lei diventava più sensibile, reagendo con maggiore urgenza alle sue carezze. Sotto le sue mani e le sue labbra, la sentiva prendere vita, come un fiore che improvvisamente iniziava a sbocciare.

Con le dita, la allargò di più, scopando alternativamente con la lingua il suo canale e poi passandola sul suo centro del piacere. Quando la sentì tendersi, raddoppiò gli sforzi, fino a quando non percepì il suo rabbrividire. Si aggrappò a lei, mentre il suo corpo era scosso dal piacere, e bevve la rugiada che lei rilasciò, non volendo lasciare il paradiso che il suo corpo rappresentava.

«Raffaello», sussurrò lei, con la voce colorata di incredulità e meraviglia.

Con riluttanza, lui sollevò la testa dal suo nucleo e scivolò sul suo corpo, allineando i fianchi con quelli di lei. Il suo cazzo eretto era sospeso sul suo canale umido, che ancora fremeva per le scosse di assestamento dell'orgasmo. Non riuscì a resistere e si tuffò dentro di lei, senza dire una parola o dare un segno di quello che avrebbe fatto.

Gli occhi di lei si spalancarono. «Oh, sì».

Lui annuì, i nervi del suo collo si irrigidirono per lo sforzo che gli costava evitare l'imminente rilascio. Lei era troppo stretta. Nessuno visitava la sua grotta calda e umida da molto tempo. Cercò di trattenersi, ma di loro spontanea volontà, i suoi fianchi si ritrassero e poi lo fecero tuffare di nuovo dentro di lei. Il suono della carne sulla carne non fece altro che alimentare la sua fame di lei.

«Angelo, ho bisogno di scoparti con forza».

Al colpo successivo, lei sbatté il bacino contro di lui, intensificando le sue azioni. Poi il ritmo del corpo di Raffaello prese il sopravvento, il suo cazzo si spinse dentro di lei, come se non ci fosse un domani. Tutto quello che riusciva a pensare era di possederla, di segnarla, di marchiarla.

Raffaello la guardò in faccia, chiedendosi se le stesse facendo del male, con il suo ritmo frenetico, e la vista che lo accolse gli riempì il cuore di orgoglio. Le labbra di lei erano aperte, i suoi occhi scuri di lussuria e desiderio. «Oh, sì, Isabella, sì!».

«Scopami!» sussurrò lei. Le sue parole lo fecero impazzire. Non aveva mai sentito una donna pronunciare parole del genere, ma quando uscirono dalle sue labbra, non poté fare a meno di gioire. Le sue palle bruciavano e si stringevano nel sapere che lei traeva piacere dal loro accoppiamento tanto quanto lui.

Lasciando cadere la mano sulla sua fica, premette il pollice sul suo bocciolo. L'allargamento degli occhi di lei gli disse che stava riaccendendo la sua carne sensibile. «Sì, ancora una volta. Lascia che ti senta stringere il mio cazzo».

I suoi muscoli interni si strinsero un secondo dopo e il suo controllo andò in frantumi. Con spruzzi caldi e vigorosi, le riempì la fica stretta con il suo seme, pompando dentro di lei ancora e ancora, prima di lasciarsi crollare sopra di lei, sostenendosi sui gomiti.

7

Isabella appoggiò la testa nell'incavo del suo collo e respirò il suo profumo speziato. Tutto il suo corpo si sentiva come se fosse senza ossa. Se qualcuno le avesse chiesto di alzarsi, in quel momento, era sicura che sarebbe stata incapace di muovere anche un solo arto.

Raffaello girò il viso verso di lei e le stampò un morbido bacio sulla fronte. Questo la sorprese. Non si aspettava che lui avesse un lato tenero.

«E ora vorrei sapere a cosa diavolo stavi pensando, quando ti sei buttata nel canale per salvarmi», le disse con voce calma.

Lei sobbalzò e cercò di allontanarsi da lui, ma le sue braccia forti la tennero imprigionata.

Isabella sospirò. Non voleva ricordarsi di quello che sarebbe potuto accadere, di come lui era quasi scivolato dalle sue braccia e annegato. Non avrebbe mai provato il tipo di piacere che lui le aveva dato nell'ultima ora.

«Per favore», aggiunse lui, dolcemente.

Si tirò su e lo guardò. «Non potevo lasciarti annegare».

«Ma non mi conoscevi nemmeno», protestò lui.

«Non aveva importanza».

«Perché, Isabella? Devi avere avuto un motivo».

Lei ingoiò una lacrima che minacciava di salire in superficie. «Mio marito è annegato nel canale».

Nei suoi occhi riemerse lo shock. Poi Raffaello la tirò a sé e la prese per la nuca, premendola contro l'incavo del proprio collo. «Oh, angelo mio, mi dispiace tanto. Non volevo risvegliare brutti ricordi».

«È successo quasi un anno fa. E sono fortunata, sotto molti aspetti. Ma...». La sua voce divenne pesante per la minaccia delle lacrime.

«Ti manca», le sussurrò Raffaello tra i capelli.

Lei annuì.

«Dimmi cosa è successo».

«Giovanni era buono con me, generoso e gentile. Mi ha insegnato a gestire la sua attività. Credo che l'abbia fatto solo perché lo divertiva, non perché sapesse quanto fosse importante, per me. Passava molto tempo con me, nonostante lui e Massimo uscissero spesso senza portarmi con loro o senza dirmi dove andavano».

«Massimo?» chiese Raffaello.

«Il cugino di Giovanni. Erano molto legati. Ma poi, circa un mese prima della morte di mio marito, qualcosa è cambiato. Lui ha iniziato a evitare Massimo, a trovare scuse, quando passava. Dovevo mentire per Giovanni, quando non voleva vederlo. Evitava anche me. Improvvisamente, non volle più condividere il mio letto. Rimaneva fuori per notti intere. Credo che avesse un'amante».

Il pensiero le faceva ancora male, anche dopo tutto quel tempo. «Aveva perso l'interesse per me. Aveva smesso di amarmi».

Isabella sentì la mano di Raffaello sul suo mento, mentre lui le sollevava il viso per far sì che lo guardasse. «Non riesco a immaginare come un uomo possa smettere di amarti. Non ho mai incontrato una creatura più amabile di te, angelo mio». Le diede un tenero bacio sulle labbra.

«Tu mi lusinghi, ma non posso ignorare la verità. Spariva quasi ogni notte, fino a quella fredda notte di dicembre. Nessuno sa cosa sia successo veramente, ma quando due valletti riuscirono a tirarlo fuori dal canale, i suoi polmoni si erano già riempiti d'acqua e il suo cuore aveva smesso di battere. Hanno detto di essere stati persino fortunati, a trovare il suo corpo. Se il suo cappotto non si fosse impigliato in alcuni ami da pesca appesi a una barca ormeggiata, sarebbe andato alla deriva».

«Quindi hai pensato che se avessi salvato me, avresti salvato tuo marito. Perché?».

«Ero così arrabbiata, con lui. Volevo un'altra possibilità. Se avevo fatto qualcosa di sbagliato che lo aveva fatto allontanare da me, volevo una possibilità per rimediare. Lo capisci? Quando è annegato, non ho mai potuto chiedergli perché non mi amava più». Aveva pianto tante notti, cercando di capire tutto quello che era successo.

«Sono sicuro che ci sia un'altra spiegazione, per le sue assenze notturne. Un uomo sposato con te non avrebbe avuto bisogno di un'amante. Credimi quando ti dico che se avessi te nel mio letto ogni notte, non ci sarebbe motivo di cercare piaceri altrove». Raffaello le tracciò le labbra con il pollice, poi lo fece scivolare tra di esse. Lei lo succhiò immediatamente e lo vide chiudere gli occhi. «Vedi? Ecco cosa intendo. Con le tue labbra su una qualsiasi parte del mio corpo, non avrei mai la forza di lasciare il tuo letto».

Quando Raffaello aprì gli occhi, il suo sguardo incontrò quello di lei. I suoi occhi erano diventati scuri di passione. Estrasse il pollice dalla bocca di lei e lo abbassò sul suo seno, dove strofinò il polpastrello sul capezzolo.

Il suo respiro si fece affannoso.

«Voglio che mi cavalchi. Mi hai imprigionato sotto il tuo giogo e vorrei offrirti il mio corpo. Prenditi il tuo piacere. Sono qui per servirti».

Le sue mani forti confermarono le sue parole, mentre la tirava sopra di sé. Le sue gambe caddero automaticamente ai lati dei fianchi di lui e il suo nucleo si allineò con la dura lunghezza di lui. Isabella si sollevò e guardò in basso, dove i loro corpi erano uniti. La sua virilità era gonfia, di colore quasi viola, prova del sangue che la riempiva. Lo raggiunse con la mano e lo accarezzò.

Lui sussultò al suo tocco e gemette. «Dimmi, Isabella, mi hai toccato, mentre ero incosciente?».

Lei sentì le guance colorarsi per l'imbarazzo.

«Per favore, voglio saperlo. Non c'è bisogno di vergognarsi».

Lei evitò di guardarlo in faccia, quando gli rispose. «Ti ho lavato e asciugato».

«Hai passato la tua mano su di me come hai appena fatto?». La sua voce era roca. Lei alzò lo sguardo su di lui e poté vedere l'eccitazione brillare nei suoi occhi.

Isabella annuì. «Solo una volta». Si sentì bagnare al solo ricordo.

«Ha toccato le mie palle? Le ha cullate tra le mani?».

Lei fece scorrere di nuovo la mano lungo la sua asta, su e giù. «Le ho solo sfiorate con i polpastrelli».

«Ti è piaciuto?».

«Sì».

«E ora, ti piace che io sia sveglio?».

Isabella avvolse la mano intorno al suo cazzo e lo strinse, suscitando un gemito da parte sua. «Mi piace di più adesso, perché ora sei duro e grosso». Spinse l'asta di lui verso il suo centro, scivolando contro di lui in modo che toccasse il luogo in cui si concentrava il suo piacere, che ora pulsava in modo incontrollabile.

«Anche a me piace di più adesso», aggiunse lui, «perché posso sentire quello che stai facendo. Tuttavia, il pensiero di quello che hai fatto quando ero incosciente mi eccita. Mi fa venire voglia di fare lo stesso con te: toccarti quando dormi. Scivolare nella tua stretta guaina quando non te ne rendi conto».

Il pensiero non avrebbe dovuto eccitarla, ma lo fece. Essere presa da lui quando non aveva difese, non aveva modo di opporsi. Permettergli una tale libertà con il suo corpo che nemmeno il suo defunto marito si era preso. «Cosa faresti?» sentì la propria voce chiedere.

Isabella notò che gli occhi di Raffaello brillavano di lussuria. «Farei scivolare il mio cazzo dentro di te da dietro, spingendomi dentro di te fino all'elsa. Tu saresti ancora bagnata dall'ultima volta. Poi mi aggrapperei ai tuoi fianchi e spingerei dentro di te, lentamente e costantemente, senza fretta, finché non ti svegliassi».

Isabella spinse il suo cazzo più vicino a lei e scivolò avanti e indietro, il calore liquido che la inondava a ogni parola pronunciata da Raffaello colava sulle palle di lui.

«Angelo mio, sento che piangi per me». Lui spinse il suo cazzo nella mano di lei. «Cavalcami».

Quando le mani di lui si avvicinarono ai suoi fianchi, lei si sollevò e allineò il suo cazzo alla sua entrata umida. Con un lungo movimento, spinse verso il basso, inguainando la sua dura lunghezza all'interno del suo corpo. Accolse la pienezza.

«Sì», gemette lui e spinse la testa indietro nel cuscino. «Questo è il paradiso».

Isabella sorrise al paragone che lui aveva appena fatto e si sollevò, prima di accoglierlo di nuovo in profondità dentro di lei. Si lasciò andare a un ritmo tranquillo e, a giudicare dai suoni di piacere che lui emetteva e dallo sguardo affamato che le rivolgeva, lui era più che soddisfatto di quello che stava facendo.

Quando la mano di lui si mosse e trovò il suo centro del piacere, si strofinò contro di essa. A ogni discesa, il pollice di lui sfiorava il piccolo fascio di carne, accendendo le fiamme nel suo corpo. Sentì il sudore accumularsi sul viso e sul collo e scorrere in piccoli rivoli tra i seni. Le facevano male dalla voglia di essere toccati.

«Toccami». Era scioccata nel sentirsi parlare in modo così lussurioso. Ma invece di essere disgustato dai suoi modi volgari, Raffaello le sorrise di rimando.

«Posso toccare solo uno dei tuoi seni, come puoi vedere». Lui guardò con decisione il punto in cui il pollice accarezzava la sua perla. Poi l'altra mano catturò un capezzolo e lo pizzicò. «Toccati l'altro capezzolo».

Gli occhi di lei si allargarono, scioccati. Non poteva fare una cosa così sconvolgente.

«Fallo», le ordinò, «e non smettere di cavalcarmi». Spinse il suo cazzo verso l'alto, immergendosi profondamente in lei. «Voglio vederti toccare te stessa», continuò, con la voce più roca, ora. Le pizzicò di nuovo il capezzolo, che divenne duro. «Imita quello che sto facendo io. Così». E di nuovo fece roteare il capezzolo tra il pollice e l'indice, inviando una scarica di calore attraverso il suo corpo e direttamente alla sua perla.

Lei gettò la testa all'indietro e fece come lui le aveva chiesto. Con gli occhi chiusi, si toccò l'altro seno e sfregò con esitazione il capezzolo. Si indurì.

«Di più», la esortò lui.

Senza pensarci, perché la lussuria guidava le sue azioni, si pizzicò il capezzolo e gridò per l'intensa sensazione. «Oh, Dio!»

Di sua spontanea volontà, il suo ritmo accelerò e lei lo cavalcò come se ne andasse della sua vita. Lo scivolare della carne sulla carne era come una sinfonia, alle sue orecchie, e le mani di lui che la pizzicavano e la massaggiavano le fecero uscire dalla mente ogni pensiero sano. Era come un animale in calore, a malapena si riconosceva. All'improvviso era diventata una creatura vogliosa, dedita solo al proprio piacere, a trovare quel delizioso sollievo che lui le aveva dato prima.

Sempre più forte, Isabella si impalò su di lui. A ogni spinta, Raffaello spingeva più a fondo in lei, riempiendola di più. E lei lo strinse a sé, non volendo che tutto finisse, non volendo che lui scappasse. E poi, con un gemito senza fiato, accolse l'assalto del suo piacere. Le onde che la travolsero la fecero quasi perdere i sensi.

Sentì calore all'interno del suo canale e si rese conto che Raffaello si era unito a lei nel rilascio, il suo seme caldo si riversava dentro di lei, prima che lei crollasse sul suo petto.

Le sue braccia la imprigionarono all'istante. Il suo petto si gonfiò per lo sforzo che sembrò costargli il solo respirare. Lei sentì un soffio d'aria calda contro la tempia, quando lui parlò. «Mi hai ucciso».

8

Raffaello non aveva mai fatto un sogno elaborato come quello: di angeli e di paradiso, di una donna bellissima e di beatitudine sessuale. Persino il suo olfatto era ancora drogato dal profumo di lei, la bella Isabella che lo aveva salvato. Non riusciva nemmeno a ricordare come fosse tornato a casa, dopo il loro incontro inebriante. L'aveva presa di nuovo, dopo che lei l'aveva cavalcato fino all'oblio? E pensare che erano state le sue mani e la sua bocca a far uscire tutta quella passione da lei.

Si spostò nel letto e incontrò curve lussureggianti e un calore così familiare, che istintivamente la tirò nell'arco del suo corpo, felice di rendersi conto che il suo sogno non era ancora finito. Sì, poteva concedersi ancora una volta, prendere la donna addormentata tra le sue braccia e fare di nuovo il dolce amore con lei mentre dormiva. Poteva spingere il suo cazzo dolorante dentro di lei e impalarla con esso fino a quando l'orgasmo lo avrebbe reclamato. E poi avrebbe fatto quello che non poteva fare con lei nella realtà: bere dalla vena pulsante del suo grazioso collo, ingozzarsi del suo sangue ricco.

Sì, anche nel sogno poteva sentire l'attrazione del suo corpo. E anche adesso, con il fantasma della sua forma premuto su di lui, stava diventando duro. Duro per il suo corpo e assetato del suo sangue.

Raffaello fece un respiro profondo. L'odore di lei era ancora intorno a lui e la sensazione era così reale che quasi lo fece crollare. Non volendo svegliarsi da quel sogno, tenne gli occhi chiusi. La sua mano si avvicinò ai morbidi seni della donna immaginaria tra le sue braccia e li strinse. Il capezzolo di lei gli sfregò contro il palmo della mano e si indurì.

Il suo cazzo premeva contro le natiche calde di lei e lui si tirò indietro per sistemarsi. Sì, poteva scivolare dentro di lei, la donna dei suoi sogni. Perché nel suo sogno, lei sarebbe stata tutta bagnata e pronta per lui, aperta a qualsiasi tipo di dissolutezza lui avesse in mente. Poteva deliziarsi di lei anche a sua insaputa, perché lei era solo una creatura della sua immaginazione. Una creatura molto bella.

Con la dura lunghezza sospesa all'ingresso della sua caverna, lui sentì il calore e l'umidità del suo miele e si spinse in avanti. Come un guanto stretto, lei lo inghiottì nelle sue oscure profondità.

«Oh, sì», grugnì tra sé e sé. «Lascia che ti scopi».

La donna tra le sue braccia si agitò. Il suo sedere si spostò indietro per accoglierlo più a fondo.

«Sì, prendi il mio grosso cazzo nella tua fica». Alla donna dei suoi sogni poteva parlare sporco, e questo lo eccitava. Non doveva fingere di essere raffinato. «E dopo, il tuo culo è il prossimo».

Lei emise un grido di sorpresa e si staccò. Lui le afferrò i fianchi più forte e la spinse di nuovo sul suo cazzo.

«Raffaello!». La voce di Isabella era così reale che lo fece fermare di colpo.

Poi sentì la mano di lei sulla sua, troppo reale, per essere un sogno. I suoi occhi si aprirono di scatto. Nonostante la luce fioca, riuscì a capire chiaramente dove si trovava: nella camera da letto di Isabella. Non se n'era mai andato.

Raffaello imprecò e si tirò fuori da lei, per una volta senza dare ascolto al suo uccello pulsante. Una rapida occhiata alle finestre confermò il peggio: era giorno, e, anche se le persiane e le tende tenevano fuori i raggi del sole, poteva vedere la luce filtrare dai lati.

Aveva dormito tra le sue braccia, e aveva dormito meglio di quanto avesse mai fatto, e si era perso l'alba. Si era infilato in un ginepraio.

«Avevi promesso di andartene prima dell'alba», disse Isabella. Non poté nemmeno biasimarla, per il tono accusatorio della sua voce.

Quando la guardò, vide la paura, nei suoi occhi. Sapeva cosa stava pensando: se qualcuno lo avesse visto uscire da casa sua adesso, la sua reputazione sarebbe stata rovinata. E se fosse rimasto, prima o poi i suoi domestici lo avrebbero scoperto.

Ma quello che lei non sapeva è che lui non aveva scelta su cosa fare. La sua unica scelta era quella di rimanere. I raggi del sole lo avrebbero bruciato e in pochi minuti si sarebbe trasformato in un mucchio di cenere. Lo sapeva, perché c'erano stati momenti in cui aveva fatto brevi corse da un nascondiglio all'altro; pochi secondi, ma comunque la sua pelle si era bruciata dolorosamente. Non era intenzionato a ripetere nulla di tutto ciò.

Non poteva andarsene, in nessun caso. E in qualche modo, doveva farglielo capire senza rivelare ciò che era.

«Mi dispiace tanto, angelo mio. Mi sono addormentato tra le tue braccia. Non so come sia successo».

«Non puoi restare qui. I miei servitori. Lo scopriranno. Devi andartene. Per favore. Ma nessuno può vederti». La sua voce tremava e i suoi occhi si muovevano nella stanza, come per cercare di trovare una via d'uscita per lui. Poi ebbe un sussulto.

Seguì il percorso dei suoi occhi. L'orologio sopra il caminetto indicava che erano le dieci passate.

«Oh, no!».

«Per favore, Isabella, calmati. Troveremo una soluzione. Ma non posso lasciare la casa. Non ora. Le strade saranno piene di gente. Non c'è modo di uscire senza essere visto». *E rimanere vivo.* Per quanto odiasse il suo prossimo suggerimento, era l'unica soluzione possibile. «Dovrai nascondermi qui. Magari in un ripostiglio buio che nessuno usa?».

LA MENTE di Isabella scattava freneticamente. Come poteva essere successo? Non avevano concordato che si sarebbe trattato di una sola notte e che nessuno l'avrebbe mai scoperto? E ora stava affrontando un disastro. Come poteva nasconderlo ai suoi domestici? L'unico di cui si fidava era Adolfo; tutti gli altri erano facili al pettegolezzo.

«Forse Adolfo può nasconderti nella piccola officina che tiene per la gondola. Ma come farò a portarti laggiù senza che tu venga visto?». Lei respinse le lacrime di disperazione.

Un attimo dopo, sentì la mano di lui che le accarezzava la guancia. «Troveremo una soluzione. Ora, lascia che ti aiuti a vestirti».

Raffaello saltò giù dal letto. Gli occhi di lei percorsero la sua forma nuda come attratti da una calamita. I suoi glutei sodi si flettevano, mentre lui si dirigeva verso la toeletta. Tirò fuori da uno degli scomparti una nuova sottoveste e dei mutandoni di seta.

Quando si girò, lui sorrise spudoratamente. Come potesse trovare umorismo in quella situazione, lei non riusciva a capirlo. «Come puoi...?».

«Perché questo mi permette di passare altre ore con te, che altrimenti non avrei avuto». Lui si diresse verso il letto e tirò via le coperte, esponendola ai propri occhi affamati. Sì, lei poteva vedere chiaramente la fame in essi e le venne subito in mente il modo in cui si era svegliata: con la sua dura lunghezza dentro di lei, che spingeva in profondità, e le parole più indecenti sussurrate all'orecchio. Parole che tuttavia l'avevano eccitata. Più di quanto volesse ammettere, anche con lui. Se lo avesse fatto, non sarebbe stata migliore di una comune puttana.

Le mani di Raffaello erano delicate, mentre la aiutava a indossare gli indumenti intimi. Poi il corsetto. Mentre lui lo allacciava sul retro, Isabella sentì i suoi fianchi premere sulle sue natiche. Il suo cazzo era duro come prima.

«Sei bellissima», le sussurrò all'orecchio, poi iniziò a mordicchiarla. Per un momento, lei perse tutti i sensi.

Un rumore sulle scale la riportò alla realtà. Sobbalzò e lo stesso fece Raffaello. Anche lui aveva sentito le voci fuori, nel corridoio.

«Presto». Lui le prese la vestaglia e la aiutò a indossarla.

«No, signore, non può vederla ora!». La voce indignata di Elisabetta penetrò nella stanza.

Ma, un attimo dopo, la porta si aprì senza che nessuno avesse bussato e Massimo irruppe nella stanza, con il suo valletto alle calcagna.

Anche Elisabetta cercò di entrare nella stanza, ma fu bloccata dai due uomini. «Mi dispiace molto, signora, ho cercato di fermarli».

Ma Isabella non ascoltò la cameriera, perché la voce roboante di Massimo prese tutta la sua attenzione.

«Guardati, puttana. Che trascini il nome di mio cugino nel fango!».

«Massimo», gli fece eco lei con tono scioccato.

Raffaello la afferrò e la spinse dietro il suo corpo nudo, come per proteggerla da Massimo. Ma non riuscì a proteggerla dalle accuse che gli uscirono dalla bocca.

«Colta in flagrante con il tuo amante, ancora eccitata e pronta». Massimo sogghignò e le puntò il dito contro, mentre Raffaello la teneva dietro la sua ampia schiena, apparentemente incurante del suo stato di nudità. «Entro stasera, tutta Venezia saprà che razza di puttana sei! Non vedo l'ora di partecipare al ballo».

Poi girò sui tacchi e se ne andò, sbattendo la porta dietro di sé. Isabella era rovinata. Non c'era solo la parola di lei contro quella di lui, lui aveva portato un testimone. Tutti gli avrebbero creduto. La sua intera vita era andata perduta a causa di una notte. Nessuno poteva aiutarla ora. Nemmeno Raffaello.

«Vattene», disse lei in tono strozzato, e si allontanò da lui.

9

Raffaello rimase congelato, continuando a fissare la porta. Massimo, lei lo aveva chiamato. Il cugino del suo defunto marito. Ma niente di tutto ciò aveva importanza, non dopo che Raffaello aveva visto l'anello che l'uomo indossava. Aveva riconosciuto il simbolo su di esso. L'onice nera era ornata da una croce intersecata da tre onde, il segno dei Guardiani delle Acque Sacre. Acque Sacre, perché la loro missione era quella di sradicare i vampiri e annegarli tutti.

Lui e i suoi confratelli non erano riusciti a scoprire chi fossero i membri della loro società segreta, almeno finora. Erano troppo prudenti. Questa era la prima volta che vedeva qualcuno indossare quel simbolo criptico. Poteva solo immaginare che fosse stata una svista, da parte di Massimo, indossare l'anello in pubblico e tradirsi. A meno che, naturalmente, non considerasse la casa di Isabella non come un luogo pubblico, ma piuttosto un luogo dove il suo segreto sarebbe stato al sicuro. Oppure era semplicemente distratto?

Il destino gli aveva appena consegnato la chiave per affrontare la minaccia rappresentata dai Guardiani? Era per questo che gli era stata data una seconda possibilità e che era stato spinto in quella casa e tra le braccia di quella donna? Per poter scoprire chi fossero?

Un singhiozzo alle sue spalle lo fece voltare. Isabella era seduta alla sua toeletta, cercando di pettinarsi, con un'espressione di angoscia sul viso. La donna che gli aveva dato un tale piacere solo poche ore prima adesso era un fascio di nervi.

Quando lui incontrò i suoi occhi nello specchio, lei distolse lo sguardo. «Dovresti andartene. Non c'è più nulla da fare, per te. Entro stasera, tutta Venezia saprà che razza di puttana sono».

Le labbra di lei tremavano, mentre parlava e Raffaello non riuscì a trattenersi. Si avvicinò a lei e la sollevò tra le braccia.

«No», protestò lei, «è inutile. È meglio che tu te ne vada».

Raffaello le sollevò il mento con la mano e la costrinse a guardarlo. Le lacrime non versate le riempivano gli occhi. Lui non le avrebbe permesso di piangere. «C'è qualcosa che posso fare».

Un guizzo di speranza apparve nelle sue iridi.

«Hai un servitore di cui ti fidi ciecamente?».

Lei gli rivolse uno sguardo curioso, poi annuì. «Adolfo, il mio gondoliere. Mi è fedele».

«Bene. Mandalo a chiamare un prete».

«Un prete?». Lei cercò di allontanarsi, ma lui non glielo permise. I suoi occhi si allargarono e Raffaello capì che lei aveva compreso. Il respiro le uscì dai polmoni. «No. Non puoi farlo. Non lo permetterò».

Non l'aveva immaginata così testarda, ma non importava, non avrebbe vinto quella battaglia. «Non hai scelta. Solo se riusciremo a dimostrare che siamo sposati, si potrà evitare uno scandalo. Lo sai bene quanto me».

Lei scosse la testa. «Ma non puoi offrirmi questo e sacrificarti. Tutto quello che volevi era una tresca. Non è giusto, nei suoi confronti».

«Giusto? Isabella, sono stato io a metterti in questa posizione. Ti ho rovinata. Sarei un mascalzone, se non ti prendessi come moglie, ora che la nostra relazione è stata svelata. Non vorrai certo uno scandalo».

Lei era con le spalle al muro e lui poteva prendere due piccioni con una fava. Sposandola, poteva insinuarsi nella sua famiglia. Sarebbe stato in grado di avvicinarsi al suo spregevole cugino e, con un po' di fortuna, scoprire chi fossero gli altri membri dei Guardiani. Nessuno avrebbe sospettato di lui. Tuttavia, avrebbe dovuto fare attenzione.

«Certo, non voglio uno scandalo, ma non ho intenzione di rovinare la tua vita, oltre alla mia».

«Rovinare la mia vita?» La tirò più vicino al suo petto, schiacciando il suo seno contro di lui e facendo scivolare la mano sul suo sedere. «Mio dolce angelo, se dovessi passare ogni notte con te nel modo in cui abbiamo passato l'ultima, posso capire come la mia vita sarebbe davvero rovinata». Sì, la sua seconda ragione per sposarla era proprio quella: non voleva ancora lasciare andare la donna appassionata che aveva tra le braccia.

Raffaello sorrise e appoggiò il suo cazzo contro di lei. Era ancora semi-duro, e il modo in cui sentiva il suo sedere, appena coperto, sotto il suo palmo fece sì che tutto il sangue disponibile vi affluisse, ora, per portarlo ad un'altra erezione furiosa. «Quindi, ecco la tua scelta: sposarmi e passare tutte le notti del nostro futuro a darci piacere a vicenda, oppure...». Fece una pausa e la accarezzò intimamente, sapendo di non avere un suggerimento alternativo.

«Dici sul serio?».

«Sì. Ora vestiti, prima che ti trascini di nuovo a letto. La prossima volta che ti prenderò, sarà come tuo marito». Il suo petto si gonfiò, mentre pronunciava quelle parole, parole che avrebbero dovuto spaventarlo e farlo scappare dalla parte opposta. Ma sapere che lei sarebbe stata sua moglie entro poche ore lo riempì di un orgoglio sconosciuto.

Isabella trascorse la maggior parte della giornata in trance. Raffaello aveva fatto la cosa più onorevole e l'aveva sposata. Lei non se lo aspettava. Non c'era motivo per cui avrebbe dovuto farlo. Lui non aveva nulla da perdere, al contrario suo. Ma non era abbastanza coraggiosa da rifiutare la sua gentile offerta, nonostante temesse che la sua gentilezza si sarebbe esaurita presto, quando sarebbe stato costretto a confrontarsi con la realtà del matrimonio. Per un breve momento, si chiese se lui l'avrebbe sposata, se non fosse stata una donna ricca, ma allontanò quel pensiero. Tutto ciò che riguardava il suo aspetto e le sue maniere le diceva che non aveva bisogno del suo denaro.

Lasciò che Elisabetta si occupasse dei suoi capelli, raccogliendoli in alto sulla testa. Per il ballo aveva scelto un abito di seta rossa. Era stato confezionato per lei solo poche settimane prima della morte di Giovanni e non l'aveva mai indossato prima. Ma quando Raffaello lo aveva scoperto nel suo armadio, le aveva assicurato che sarebbe stato l'abito giusto per l'occasione. Doveva fare una dichiarazione: non si sarebbe arresa di fronte alle voci maligne.

«Pronta, Signora?» le chiese la cameriera, incrociando i suoi occhi nello specchio.

Isabella annuì e si alzò.

Raffaello la aspettava ai piedi delle scale. Lei lo guardò, mentre scendeva lentamente, passo dopo passo, tenendo l'abito leggermente sollevato dal pavimento, per non inciampare.

Isabella guardò il suo nuovo marito, che sembrava immobile, con le labbra leggermente divaricate e gli occhi incollati a lei. Il suo abbigliamento era all'ultima moda. Non erano gli abiti che lei gli aveva prestato la sera prima. Sembrava che avesse mandato un servitore a recuperare alcuni dei suoi vestiti.

La donna lasciò che uno sguardo di apprezzamento lo percorresse dalla testa ai piedi e sentì il proprio sesso contrarsi. Non aveva mai visto un uomo più virile, che trasudava sesso come un papavero trasuda oppio, e che era altrettanto pericoloso e proibito. I suoi occhi erano più scuri, ora, e la fissavano con uno sguardo così intenso che si chiese se avesse fatto qualcosa di sbagliato. Era arrabbiato con lei?

Quando raggiunse i piedi delle scale, Raffaello le prese la mano e se la portò alle labbra per un bacio. Poi si avvicinò di un passo. La sua voce era bassa, quando si rivolse a lei. «Angelo, mi togli il fiato. Vorrei che non dovessimo andare a questo ballo per salvare la tua reputazione; preferirei continuare a rovinarla».

Raffaello abbassò la testa per baciarle la guancia, poi le sussurrò all'orecchio: «Mi fai diventare così duro, che non posso garantire che la prossima volta che ti prenderò sarà in un letto».

Il respiro di lei si fece affannoso, alle parole di lui. Non le importava dove l'avrebbe presa, purché la prendesse. Le sue guance arrossirono per i suoi pensieri scandalosi. Dove erano finite tutte le sue buone maniere? Le aveva gettate al vento?

Quando lui si raddrizzò e la guardò, un sorriso complice balenò sui suoi lineamenti. Le offrì il braccio e lei lo prese, non solo perché era quello che doveva fare, ma anche perché il suo stomaco era un nido di farfalle e le sue ginocchia erano fatte di budino.

«Ora cerca di non pensare a quello che ho intenzione di farti più tardi o il tuo viso piuttosto arrossato attirerà ogni furfante al ballo come un vaso di miele». Abbassò la voce a un tono profondo e roco. «E questo miele è mio».

Isabella gli lanciò un'occhiata sciocca. Lui rispose ridendo. Una risata piena, disinibita e felice.

10

Il Palazzo Ducale era illuminato come se un fuoco stesse ardendo al suo interno. Tutta Venezia era riunita: nobili, ricchi mercanti e dignitari stranieri. Era l'evento dell'anno. Raffaello non vi aveva mai partecipato prima. Conduceva una vita che non gli permetteva di esporsi. Vivere ai margini della società, anche se nel lusso sfrenato, rendeva più facile nascondere ciò che era. Quella sera, avrebbe sfidato lo sguardo della società per una ragione e una sola: salvare la reputazione della sua adorabile moglie.

Moglie. Che strano concetto. Non aveva mai pensato di sposarsi, tanto meno in modo così affrettato, senza nemmeno la presenza di suo fratello Dante. Quando aveva mandato un servo a casa loro per gli indumenti, con una nota veloce per comunicargli che stava bene, era ancora giorno e quindi era impossibile per Dante raggiungerlo. Si era quindi astenuto dal dirgli che stava per sposarsi, perché sicuramente il suo caro fratello avrebbe cercato di convincerlo a interrompere quella sciocca impresa.

Isabella si agitò accanto a lui, mentre si avvicinavano all'ingresso della sala e avanzavano nella fila, in modo che il loro arrivo fosse annunciato a tutti i presenti. Lui abbassò la testa verso la sua e notò per la prima volta che era molto più alto di lei. Gli piaceva: lo faceva sentire ancora di più come il suo difensore.

«Non essere nervosa. Ti prometto che tutto si risolverà». Lui strinse la mano sulle dita di lei, che aveva agganciato sotto il suo braccio. Erano fredde come il ghiaccio. «E quando tutto questo sarà finito, ti farò eccitare così tanto che non avrai più dita fredde». Gli piaceva provocarla, e la scossa nel corpo di lei gli disse che ci era riuscito di nuovo. Alla fine della serata lei avrebbe implorato la liberazione e lui sarebbe stato molto felice di accontentare la sua cara moglie.

«I nomi, prego», gli chiese l'alto annunciatore, quando raggiunsero la cima della fila.

Raffaello si chinò verso di lui e gli diede le loro generalità. Un attimo dopo, la voce roboante dell'uomo li annunciò alla sala: «Il Signor Raffaello di Santori e sua moglie, la signora Isabella di Santori, già Signora Tenderini, vedova del defunto Giovanni Tenderini».

Decine di teste scattarono nella loro direzione e un sussulto collettivo attraversò la folla, come un'increspatura sulla superficie dell'acqua, quando viene colpita da un sasso. Proprio come si aspettava, Massimo aveva già diffuso la notizia della rovina di Isabella. Era un bene. In questo modo, Raffaello poteva minare la sua credibilità.

Tenendo Isabella al suo fianco, scese le scale e si immerse nella massa di persone, che li seguivano con sguardi curiosi e dubbiosi. Aveva un solo obiettivo: vedere il Doge. Solo la sua autorità avrebbe messo a tacere le loro lingue agitate. Il semplice annuncio del matrimonio non era sufficiente, in questo caso. Dovevano dimostrarlo.

Mentre si avvicinavano al luogo in cui il Doge sedeva sul suo trono per tenere udienza, furono fermati da uno dei suoi attendenti. Raffaello guardò oltre l'uomo e incrociò lo sguardo del Doge. L'uomo fece un cenno verso di lui, con la curiosità che gli balenava negli occhi.

«Lasciateli passare».

Raffaello si inchinò all'uomo più anziano e notò che Isabella fece un profondo inchino. Da dove era seduto il Doge, poteva sicuramente vedere in profondità nella scollatura di Isabella e dare più di un'occhiata al suo ampio seno. Raffaello le prese la mano e la tirò su.

«Eccellenza», salutò quell'uomo potente, che li avrebbe aiutati a ripristinare la reputazione di Isabella. «Posso presentarle mia moglie e...».

«Non sono necessarie presentazioni. Ho colto il suo nome abbastanza bene, quando è entrato». Poi i suoi occhi si posarono su Isabella. «Sono state dette brutte cose su di lei, signora».

«Tutto falso», disse Raffaello.

Il Doge gli lanciò un'occhiata impaziente. «Mi sono rivolto a sua *moglie,* se davvero è sua moglie».

Raffaello trattenne la lingua e strinse il braccio di Isabella, per rassicurarla.

«Sua Eccellenza, tutte le voci sono false e sono certa che non c'era alcuna intenzione di fare del male. Tuttavia, sembra semplicemente che la persona che ha diffuso queste voci sia stata male informata sul mio stato», disse Isabella.

«E vorrebbe correggere ora questo malinteso?».

«Certamente. Il mio matrimonio con il Signor di Santori ha avuto luogo ieri, e sembra che gli avvisi che avevo intenzione di far recapitare alla società veneziana abbiano subito un ritardo. Mi assicurerò che il mio attendente personale si affretti». La sua voce era ferma ora, e solo Raffaello poteva sentire il leggero tremito del suo corpo. Cercò di placarlo accarezzandole delicatamente il braccio.

«E lei ha le prove che un tale matrimonio abbia avuto luogo? Spero che non le dispiaccia che io sia un po' cinico, ma, come può immaginare, una volta fatta una dichiarazione, spetta a me verificarla».

Isabella annuì. «Non mi sarei aspettata niente di meno».

Raffaello si mise una mano in tasca e le porse un foglio di carta piegato. Lei gli sorrise, quando lo prese. Poi guardò il Doge, che le fece cenno di avvicinarsi.

Quando l'uomo prese il foglio dalle mani di Isabella, Raffaello poté sentire il suo cuore battere all'impazzata. Non doveva preoccuparsi di nulla. La cerimonia e il sacerdote erano stati autentici. L'unica cosa che aveva manipolato con il suo potere di persuasione era la data del certificato di matrimonio.

Quando il sacerdote lo aveva firmato e datato, Raffaello aveva inviato i suoi suggerimenti nella mente dell'uomo e gli aveva fatto scrivere una data diversa: un giorno prima. In questo modo, Massimo non avrebbe potuto sostenere che si erano sposati solo dopo che lui li aveva scoperti nella camera da letto di Isabella. Avrebbero potuto affermare che Massimo aveva fatto irruzione la mattina dopo la loro prima notte di nozze. Lo scandalo sarebbe stato tutto suo.

Dopo molti lunghi secondi, il Doge alzò lo sguardo e si alzò dal suo trono. Fece un cenno a uno dei suoi assistenti, che batté un lungo bastone sul pavimento per chiedere il silenzio nella sala. Il chiacchiericcio della folla si placò.

«Miei cari amici, vorrei che vi uniste a me nel congratularvi con il Signore e la Signora di Santori per le loro recenti nozze».

La folla ancora una volta sussultò, ma prima che potesse scoppiare un qualsiasi tipo di applauso, un uomo si fece strada. Raffaello lo riconobbe immediatamente: Massimo.

«Non è possibile!» gridò, mentre si precipitava verso di loro.

«Mi state dando del bugiardo?» gli chiese il Doge, con voce dura e minacciosa.

Immediatamente, Massimo si inchinò. «Certo che no, Eccellenza». Poi si raddrizzò. «Sto solo dicendo che sembra piuttosto improvviso. E, come parente stretto, non sono stato informato». Lanciò un'occhiata a Isabella e Raffaello strinse la presa sul suo braccio per avvicinarla.

«Siete informato, ora», fu la risposta del Doge prima di voltarsi. «Siete congedato». L'uomo aveva chiaramente perso interesse.

Quando Massimo si voltò verso Raffaello e Isabella, i suoi occhi erano pieni di odio. «Tu, truffaldina, buona a nulla...».

Raffaello afferrò la gola dell'uomo così rapidamente che l'altro non ebbe il tempo di reagire. Ignorò gli sguardi delle persone intorno a lui. «Basta che tu lo dica e ti sfiderò a duello. Per avvertirti, sono un esperto in qualsiasi arma tu scelga. Quindi, ora farei attenzione, fossi in te, quando parli di mia moglie».

Sentì la propria mascella irrigidirsi, prova che le zanne non vedevano l'ora di scendere, pronte ad attaccare. Rapidamente, lasciò la presa e si allontanò da Massimo. Non poteva rischiare di esporsi pubblicamente.

«Isabella, ti va di ballare?». Senza aspettare la sua risposta, Raffaello la prese tra le braccia e le fece volteggiare sulla pista da ballo. Il corpo di lei che premeva contro di lui placò la sua rabbia. Era stato vicino a uccidere suo cugino proprio lì, sotto gli occhi di tutti. Non andava bene, così. Quell'uomo sarebbe morto, presto e senza testimoni.

11

Isabella attese che Raffaello recuperasse i loro mantelli e accettò gli auguri di un'altra coppia. Dopo alcuni balli con il suo nuovo marito, durante i quali lui le aveva stuzzicato le orecchie con parole scandalose non adatte ad essere ripetute in nessun luogo, lui aveva finalmente dichiarato che avevano trascorso un tempo sufficiente al ballo e che potevano tornare a casa.

Era sollevata. Nonostante il Doge avesse dichiarato legittimo il loro matrimonio, non le piacevano gli sguardi della gente. Era il suo abito o era suo marito, che guardavano? O forse era il fatto che si sentiva arrossire, non per il calore della grande sala, ma per le parole che Raffaello le aveva sussurrato senza sosta. E per la sua lunghezza, che aveva sentito, mentre ballava con lui.

Rabbrividì, quando sentì le mani di Raffaello sulle sue spalle, che le stendevano il mantello e poi glielo allacciavano alla gola.

«Eri la donna più bella del ballo». Il suo respiro le accarezzò il collo e lei lo inclinò leggermente, offrendoglielo. Lui stampò un bacio leggero sulla sua pelle e lei sentì il suo sangue riscaldarsi. Un momento dopo, lui la fece voltare, in modo da guardarla in faccia.

«Ecco, mettiti questa».

Lei abbassò lo sguardo sulle sue mani e prese una maschera. «Perché vuoi che indossi una maschera?».

«Ti spiegherò più tardi».

Raffaello indossò la propria mezza maschera e la aiutò a legare la sua. Nascondeva la maggior parte del viso, ma la bocca rimaneva libera e senza impedimenti. Quando si girò e si guardò nello specchio a figura intera del corridoio, vide solo una sconosciuta con un lungo abito rosso coperto da un mantello nero. La maschera nera rendeva il suo volto irriconoscibile.

«Vieni», la esortò Raffaello e la condusse fuori nella notte.

Le strade brulicavano di festaioli, molti dei quali indossavano maschere, alcune elaborate, altre semplici come quella di Isabella. Tutti erano uguali. Le differenze di classe erano dimenticate. Era così che avrebbe dovuto essere. Durante il carnevale, un povero poteva essere un principe. Un nobile poteva essere un pirata. Una prostituta poteva essere una signora.

Isabella guardava con meraviglia le diverse persone e le maschere, mentre Raffaello la conduceva attraverso i vicoli affollati intorno a Piazza San Marco. Più camminavano, più le strade diventavano silenziose. Si accorse a malapena della distanza percorsa, perché era estremamente affascinata dalle attività che si svolgevano nelle strade.

Rimase sorpresa quando Raffaello si fermò all'improvviso sotto una passerella ad arco e la spinse con la schiena contro il muro dietro di lei, con il corpo a contatto con il suo. «E ora, mia dolce moglie, è il momento di consumare il nostro matrimonio. Credo di aver aspettato a sufficienza». Il luccichio predatorio nei suoi occhi era inconfondibile.

Isabella sussultò per lo sbigottimento. «Qui?».

Le sue labbra si posarono sulla pelle di lei, il suo respiro la accarezzò, mentre rispondeva. «Sì, mio bellissimo angelo, proprio qui. Ecco perché indossiamo delle maschere. Ti prenderò qui, dove tutti i passanti potrebbero vederci. Tuttavia, non sapranno chi siamo. Penseranno solo che un uomo stia scopando una puttana e non gliene importerà nulla. Magari si metteranno a guardare».

Lei cercò di allontanarlo, e con lui il proprio desiderio scandaloso di fare proprio quello che le stava suggerendo. Il suo corpo rispondeva già alle sue parole salaci, il suo sesso si contraeva in attesa che il corpo di lui la reclamasse. E il pensiero che qualcuno potesse vederli le fece divampare una fiamma calda nel cuore. No, non poteva permettere che accadesse.

Raffaello le cinse i polsi e li bloccò alla parete, poi abbassò la testa dove il seno di lei si gonfiava. Passò la lingua sui suoi due rigonfiamenti gemelli in un movimento lento e sensuale e inspirò. «Sento l'odore della tua eccitazione, amore mio».

Il panico la attanagliò. Se gli avesse permesso di farlo, lui si sarebbe reso conto che non era una signora, che non era meglio di una puttana, perché solo una puttana si sarebbe lasciata prendere in un luogo così pubblico. E poi? L'avrebbe gettata via, quando avrebbe visto ciò che era veramente? Una donna profondamente disturbata con sentimenti lussuriosi, più dissoluta di qualsiasi puttana della città?

«Ti prego, Raffaello, torniamo a casa», lo supplicò, ma sapeva che la sua voce era roca per la lussuria che riusciva a malapena a contenere. Non capiva perché lui le suscitasse quei sentimenti. Il suo primo marito non l'aveva mai fatto. Era stata una moglie doverosa e, sebbene le fosse piaciuto, quando Giovanni l'aveva portata a letto, non aveva mai perso il controllo o sentito il desiderio di fare cose scandalose come quelle proposte da Raffaello.

Isabella sentì il suo corpetto allentarsi e si rese conto che Raffaello stava slacciando alcuni dei gancetti che tenevano su il suo vestito. Cercò di protestare, ma non ci riuscì, perché le labbra di lui sulla pelle le impedirono di formulare qualsiasi parola. Quando le sue mani abbassarono il corpetto di pochi centimetri, fu sufficiente perché i suoi seni uscissero dalla loro gabbia. L'aria fredda vi soffiò contro, facendo indurire i capezzoli all'istante.

Con avidità, Raffaello chiuse la bocca su un capezzolo e lo succhiò, mentre con una mano le palpava l'altro seno e lo stringeva. Isabella non riuscì a trattenere il gemito che le uscì dalle labbra, così come non riuscì a trattenere il liquido che si raccolse tra le sue gambe. «Oh, Dio», sussurrò, senza fiato.

Il capezzolo di lei uscì dalla bocca di Raffaello e lui usò le dita per tirarlo. Poi la guardò, con gli occhi velati dalla stessa passione che lei aveva visto in lui la sera prima. «Aprimi i pantaloni e tira fuori il mio cazzo».

Senza pensarci, lei eseguì il suo ordine, mentre lui affondava le labbra sull'altro capezzolo. Con dita tremanti, raggiunse la patta di lui e iniziò a sbottonarla. La sua mano sfiorò la sua dura lunghezza. Il suo gemito fu così profondo e forte che lei lo sentì riecheggiare contro l'arco. Ma ormai non le importava più chi li avrebbe visti o sentiti. Voleva lui, voleva che la sua asta dura entrasse in lei e la reclamasse.

Quando i suoi pantaloni furono finalmente aperti, Isabella avvolse il palmo della mano intorno a lui e strinse la pelle vellutata che ricopriva la sua virilità dura come il marmo. Le piaceva la sensazione di morbidezza sul duro. Due opposti, ma l'uno incompleto senza l'altro. Bello e perfetto.

Sentì le mani di Raffaello sulle sue spalle, che la spingevano verso il basso. «Succhiami», le ordinò.

Isabella si inginocchiò davanti a lui e si trovò l'asta di lui che puntava proprio alla sua bocca.

«Sì, succhiami come una puttana. Perché stasera, mia cara moglie, sei la mia puttana e farai tutto quello che voglio».

Quelle parole avrebbero dovuto sciocarla, ma riusciva solo a pensare a posare le sue labbra sulla carne di lui e a farlo implorare di liberarsi. Non si sentiva umiliata perché lui l'aveva chiamata puttana. Al contrario, si sentiva potente, perché stando in ginocchio lo avrebbe portato al suo piacere. Si leccò le labbra e assaggiò per la prima volta la sua carne.

Il controllo di Raffaello andò quasi in frantumi, quando le labbra di Isabella si chiusero intorno al suo cazzo e scivolarono su di lui. Un calore bianco e caldo lo circondò, quasi paralizzandolo. Si sostenne contro il muro dietro di lei, cercando di stabilizzare le sue gambe tremanti. Isabella sarebbe stata la sua rovina.

Mai la bocca di una donna gli aveva dato un piacere così immediato e travolgente. «Cazzo», si lasciò sfuggire, con il cervello incapace di formulare altre parole, dato che era diventato della consistenza della melassa. Cercò di resistere all'assalto di sensazioni che lei gli scatenava, ma senza successo.

Come una raffica di palle di cannone, si abbatterono su di lui: lo bruciavano, lo ustionavano, lo marchiavano. Sì, lei lo stava marchiando con la sua bocca, con i giri della sua lingua contro la carne dura, con il suo respiro contro la lunghezza, con le mani che lo accarezzavano di concerto con la sua bocca. Lo stava rovinando per qualsiasi altra donna, assicurandosi che non avrebbe mai voluto essere toccato da nessun'altra, che non avrebbe mai sentito la bocca di un'altra donna su di lui, se non la sua.

Come una strega, avvolse i suoi incantesimi intorno a lui, le sue guance si incavarono, mentre lo succhiava più forte, le sue unghie accarezzavano il suo scroto tirato, dove le sue palle bruciavano come un fuoco infernale, e la pressione aumentava come in un vulcano. Dio, gli avrebbe succhiato via la vita, se avesse potuto. E a quel punto, Raffaello non era così sicuro che fosse al di là delle sue capacità.

Un'altra leccata alla sua cappella e lui si tirò fuori dalla sua bocca, sibilando bruscamente. Non poteva sopportare di più.

«Non avevo finito», si lamentò Isabella.

Senza una parola, Raffaello la afferrò e la fece scendere sulla panca di pietra che aveva visto nell'angolo, abbastanza alta per poter rimanere in piedi, mentre la scopava. Poi le sollevò le gonne e prese i mutandoni. Con un colpo solo, li fece a pezzi, ignorando il suo sguardo sorpreso. Non aveva più pazienza di un marinaio che avesse trascorso gli ultimi mesi in mare.

La sua eccitazione lo inghiottì. «Ora ti scoperò, mia bella puttana! Ti scoperò fino a farti urlare». E con un'unica spinta si infilò nella sua fica fradicia. Lei si contorse intorno a lui, facendolo fermare all'istante. «Oh, sì, ti piace essere presa con la forza qui fuori, vero?». Quando lei non disse nulla, lui ordinò: «Rispondimi!».

Il «sì» senza fiato di Isabella fu più un gemito, che una parola. Gli andava benissimo. E stranamente, lo aiutò a riprendere il controllo.

No, quella donna bellissima e passionale non avrebbe avuto il sopravvento.

Lentamente, Raffaello estrasse il proprio cazzo dal suo calore setoso, per poi lasciarlo scivolare sulla sua piccola perla. Lei si contorse sotto di lui, ma lui le tenne i fianchi in una morsa, in modo che non potesse sfuggire alla sua tortura. L'avrebbe costretta a confrontarsi con i suoi desideri. Ora. Qui. Avrebbe abbattuto le sue difese e liberato la donna passionale che era in lei.

Senza darle alcuna indicazione di ciò che stava per fare, affondò di nuovo la sua dura lunghezza dentro di lei, facendole lanciare un grido di sorpresa. «Oh, sì, non pensare mai di essere al sicuro dal mio cazzo. Perché prenderò la tua fica bagnata, quando e dove voglio». Usò deliberatamente parole crude per sconvolgerla, mentre scivolava avanti e indietro nella sua stretta guaina, così bagnata che gli sembrò di annegare di nuovo. Solo che questa volta era un annegamento piacevole.

Quando sentì un rumore alle sue spalle, girò la testa. «Sembra che abbiamo compagnia». Lanciò una breve occhiata al signore ben vestito, che era entrato sotto l'arco coperto e li stava guardando.

Raffaello percepì la reazione istantanea di Isabella e la riconobbe come il suo istinto di fuga. Ma non le permise di seguirlo. Invece, continuò a pompare nelle sue dolci profondità e si avvicinò ai suoi ampi seni, che ondeggiavano ad ogni sua spinta.

«Quando avrete finito con lei, la prenderò io», gli offrì l'uomo dietro di lui.

Raffaello ringhiò. «Non avrò finito con lei per molto tempo». Molto tempo. «È mia, per questa notte. Ho comprato questa puttana e mi assicurerò che i miei soldi vengano spesi bene». Sorrise a Isabella, quando notò la sua faccia scioccata. «Quindi, no, non può scoparla, a meno che, naturalmente, lei non sia consenziente».

La protesta di Isabella fu istantanea. «No!».

Raffaello ridacchiò. «Come può vedere, vuole solo il mio cazzo. Ma se vuole guardare, si avvicini per vedere meglio». Non gli importava che l'uomo guardasse o meno, ma non gli avrebbe mai permesso di mettere un solo dito su di lei. Non avrebbe condiviso Isabella con nessuno. Ma, mentre la sua maschera le garantiva l'anonimato, e anche a lui, lui avrebbe aumentato la sua lussuria sapendo che erano osservati.

I passi dell'uomo confermarono che aveva accettato la sua offerta. Raffaello poté vedere come lui si trovava a poca distanza da loro, di lato, in modo da poter vedere i seni nudi di Isabella, la sua fica e come il cazzo di Raffaello si immergesse dentro e fuori di lei.

«Ha una bella fica, questa puttana, non credete?» chiese allo sconosciuto, mentre si immergeva nuovamente nel suo calore, stringendo i suoi seni con i palmi delle mani.

Ma l'uomo non rispose. Con la coda dell'occhio, Raffaello riuscì a capire perché: la mano dell'uomo aveva liberato il proprio cazzo. Duro e grosso, emergeva dai suoi pantaloni, mentre ora lo pompava nella mano destra.

«Vedo che è d'accordo», commentò e riportò la sua attenzione su Isabella, che aveva seguito il suo sguardo. La sua bocca si aprì.

«Sì, si sta toccando, desiderando che sia la tua fica calda, quella in cui sta spingendo. Questo ti eccita?». Lui le diede una spinta forte e lei riportò lo sguardo su di lui, abbassando le palpebre, come per vergogna. Con un'altra spinta, lui la fece sobbalzare. «Oh, no, non distoglierai lo sguardo. Voglio che tu lo guardi, mentre ti scopo». Gli occhi di lei si spalancarono dietro la maschera. Lui sapeva che lei voleva guardare, ma si vergognava troppo ad ammetterlo.

Le pizzicò i capezzoli con forza finché lei non gridò, le labbra tremanti e il respiro a fior di pelle. «Ora guardalo. Ma ricordati, è il mio cazzo, che è dentro di te. Il mio cazzo che ti riempie».

Voleva possederla, ogni sua cellula. E voleva che il mondo intero sapesse che lei era sua, sua da portare all'estasi, sua da far godere. Il corpo di lui stabilì il ritmo, ora, immergendosi in profondità e con forza in lei, con lunghi colpi.

La notò stringere le labbra tra i denti, mentre guardava l'altro uomo masturbare il proprio cazzo. Raffaello sentì i grugniti che l'uomo emetteva, ma vide solo lei, il suo bellissimo angelo, con l'estasi scritta su tutto il corpo. Lasciò una delle sue tette e spostò la mano sulla sua perla. Lei girò di scatto la testa verso di lui, mentre lui strofinava il pollice su di essa. Un attimo dopo, lei gridò e i suoi muscoli si strinsero intorno al suo cazzo, scatenando il suo stesso orgasmo.

Il suo seme schizzò dalle palle attraverso la lunghezza del suo cazzo ed esplose dalla punta, pompando nel suo canale, inondandola. Ma lui se ne accorse a malapena, mentre tutto il suo corpo era attanagliato dall'orgasmo, che lo scuoteva nel profondo. Niente era mai stato così crudo e sconvolgente come la consumazione del suo matrimonio.

12

Raffaello chiuse la porta di casa sua con un piede, mentre cullava Isabella addormentata tra le braccia. Aveva tolto le loro maschere e le aveva gettate, poco prima che arrivassero a casa sua. La portò in salotto e la adagiò sul grande divano.

«Hai portato la cena. Credo sia il minimo che tu possa fare, dopo avermi fatto preoccupare per te», disse suo fratello dall'angolo, dove era seduto sulla sua poltrona preferita.

«Dante, speravo che fossi a casa. Dobbiamo parlare».

Suo fratello si alzò dalla sedia, le sue lunghe gambe consumarono la distanza tra loro senza sforzo. «Sì, lo faremo. Ma dopo cena». Lanciò un'occhiata a Isabella. «L'ha già assaggiata? Sembra davvero deliziosa». Dante si leccò le labbra.

Raffaello bloccò il fratello dall'avvicinarsi a lei. Avrebbe voluto dare a Dante la notizia in modo meno brusco, ma il mascalzone non gli lasciò altra scelta. «Lei è mia moglie. E farai bene a tenere le tue mani e le tue zanne per te. Così come il tuo uccello».

«Tua moglie?». La voce di Dante riempì l'intera stanza. Il suo sguardo dubbioso sarebbe stato divertente, se Raffaello non avesse avuto altre cose per la mente, ad esempio i legami familiari di lei.

«Ti sei sposato?».

Non poté non notare il tono accusatorio nella voce di Dante. «Sono affari miei».

«Non quando riguarda entrambi. Lei è umana». Suo fratello raddrizzò le spalle, ma Raffaello non si lasciò intimidire. Quando si passò le mani tra i folti capelli neri, Raffaello capì che Dante non aveva intenzione di combattere. «Perché diavolo hai fatto una cosa del genere?».

«Mi ha salvato».

«Cosa?».

«Mi ha salvato dall'annegamento. Mi ha tirato fuori dal canale, quando ero già finito sottacqua. Ha rischiato la sua stessa vita». Lo disse con un certo orgoglio. Sua moglie era una donna coraggiosa.

Dante fece un passo indietro per lo shock. «Hai rischiato di annegare? Che cosa è successo?».

Lui scrollò le spalle. «Non ne sono sicuro. Ho sentito una mano sulla schiena e sono caduto nel canale. Ma c'erano molti ubriachi in giro, una folla chiassosa. Potrebbe essere stato un incidente».

Suo fratello sollevò un sopracciglio. «E se non lo fosse stato?».

«Allora tu e i nostri amici mi aiuterete a scoprire chi c'è dietro».

«Potrei azzardare un'ipotesi». Dante gli lanciò un'occhiata acuta e Raffaello capì immediatamente che stava pensando ai Guardiani delle Acque Sacre. Un attimo dopo, Dante lanciò un'occhiata a Isabella che giaceva ancora immobile sul divano. «A proposito, cos'ha che non va? Che cosa hai fatto, l'hai drogata?».

Raffaello sorrise. «Orgasmi multipli».

La risata che seguì risuonò in tutta la villa. «Canaglia!».

«Per niente: quello che ho fatto è stato del tutto corretto. Dopotutto, è la mia rispettabilissima moglie». Rispettabile, ma con una vena di lussuria che non gli dispiaceva affatto. «Ora, lasciamola dormire. È esausta». Allontanò il fratello verso la zona salotto di fronte al camino.

«Sì, e dolorante, immagino. Sembra minuta».

«È più forte di quanto pensi. E non ti preoccupare di mia moglie. So come prendermi cura di lei». Sì, Isabella sarebbe stata un po' dolorante, per la ferocia con cui l'aveva presa, ma lui si sarebbe fatto perdonare leccando la sua dolce fica e alleviando la sofferenza della sua carne con la lingua.

Raffaello si lasciò cadere sulla poltrona, mentre Dante si accomodava nella propria. Doveva dimenticare la sua nuova moglie per un momento. «Ho scoperto uno dei Guardiani».

Suo fratello si sedette in avanti, con un sussulto. «Delle Acque Sacre?».

«Sì, proprio quelli». Fece un cenno con la testa verso il luogo in cui dormiva Isabella. «Il cugino del suo defunto marito è uno di loro. Ho visto l'anello. Indossava il loro simbolo».

Il volto di Dante si accese di sorpresa. «In pubblico?».

«Non esattamente. Ha fatto irruzione nella camera da letto di Isabella proprio mentre noi stavamo...». Raffaello si schiarì la gola. «Il suo nome è Massimo Tenderini. Voglio che tu lo segua, che scopra tutto quello che puoi, cosa fa, chi incontra, dove va. Tutto. Ci condurrà dai Guardiani. Dobbiamo solo essere pazienti. Puoi farlo?».

Dante annuì. «Sì, niente di più semplice. Gli metterò alle calcagna un uomo. Tuttavia...». Fece una pausa e lo guardò a lungo. «...ti è passato per la mente che il tuo incontro con Isabella e poi con suo cugino non sia stato casuale?».

«In che senso?».

«E se lei fosse stata messa sulla tua strada perché potesse a sua volta condurre i Guardiani alla nostra specie? Non credi che sia stato un po' troppo conveniente che tu sia stato spinto nel canale e che lei sia arrivata per caso a salvarti? E se si trattasse di una messinscena? Il suo legame con i Guardiani non può essere ignorato. E se fosse la loro spia? La loro spia molto carina, se posso aggiungere».

Una pugnalata, come una gigantesca puntura di spillo, gli assalì il cuore. «Non puoi crederlo. Lei è innocente».

«Le ultime parole famose di uno sciocco innamorato», lo rimproverò Dante. «Non puoi fidarti di lei».

ISABELLA SENTÌ IL CALORE PERVADERLA, mentre riprendeva coscienza. La voce che l'aveva scossa dal sonno era sconosciuta.

«È mia moglie», sentì Raffaello proclamare.

«Il che è ancora qualcosa che devi spiegarmi», disse un altro uomo. «Cosa farai, quando lo scoprirà?».

«Non lo scoprirà».

Il cuore di Isabella si fermò. Cosa non voleva che lei scoprisse, Raffaello? Cosa aveva da nascondere?

«Non puoi tenere il segreto per sempre, con lei».

«Farò attenzione», gli assicurò Raffaello. «Non dovrà mai saperlo. E poi, mi aiuterà ad avvicinarmi a Massimo».

Massimo? Perché il suo nuovo marito voleva avvicinarsi a suo cugino? Cosa voleva da lui? Aveva sposato un uomo di cui non sapeva nulla. Aveva commesso un grave errore? Sarebbe stato meglio essere rovinata, piuttosto che ritrovarsi sposata con un uomo che la stava usando per qualche piano malvagio?

«A meno che, ovviamente, lei non abbia pianificato tutto questo. Non hai detto che suo cugino ha fatto irruzione nella sua camera da letto mentre tu la stavi scopando? Chi farebbe una cosa del genere? È un'ulteriore prova del suo coinvolgimento».

Raffaello aveva detto a quell'uomo una cosa così privata? Come aveva potuto?

«Stai suggerendo che abbia architettato questa situazione in modo che io dovessi sposarla?» chiese Raffaello, con la voce piena di incredulità.

«E perché non avrebbe dovuto? Se Massimo è un Guardiano, potrebbe avere potere su di lei e indirizzarla a fare ciò che lui vuole. Lei doveva saperlo. Senza offesa, fratellino, ma nonostante il tuo notevole fascino, una donna rispettabile non cade nel tuo letto senza considerare le conseguenze».

Di cosa stavano cercando di accusarla? Massimo non era il suo guardiano. Era una donna indipendente, o almeno lo era stata fino al giorno prima, quando aveva sposato Raffaello. Il sudore le imperlò il viso. Che cosa aveva fatto?

«Ammetto che la situazione è stata insolita, ma non puoi ignorare il fatto che, con lei che cade ai miei piedi, la nostra battaglia potrebbe presto finire».

Isabella respinse le lacrime che stavano minacciando di affiorare in superficie, lacrime di delusione. Aveva pensato che Raffaello la desiderasse, che forse si sarebbe persino innamorato di lei, ma tutto quello che voleva era usarla per qualcosa che lei non capiva nemmeno. Non riusciva ad aprire gli occhi, non voleva affrontare la realtà. Era sposata con un uomo a cui non importava nulla di lei.

«Bene, contatterò i nostri amici e vedrò cosa possiamo scoprire. Nel frattempo, è meglio che tu ti prenda cura di tua moglie. E ti suggerisco di non perderla di vista. Se sta tramando contro di noi, sai cosa dovrai fare».

Isabella trattenne il respiro, ma non ci fu alcuna risposta, da parte di Raffaello. Invece, lo sentì alzarsi, sentì i suoi tacchi sul pavimento di legno avvicinarsi. Quando il divano si abbassò accanto al suo fianco, capì che si era seduto. Quando la mano di lui le accarezzò il braccio, lei trasalì.

«Svegliati, angelo mio». La tirò su in posizione seduta e la strinse nel suo abbraccio, passandole le mani sulla schiena.

Non poteva più fingere di dormire, ma non riusciva a formulare una parola. «Hmm».

«Apri gli occhi, Isabella. Vorrei presentarti una persona».

I suoi occhi si aprirono di scatto e incontrò lo sguardo di Raffaello. Lui le sorrise e la baciò dolcemente sulla guancia. Lei cercò di allontanarsi da lui, ma lui la stringeva troppo forte. Improvvisamente, ebbe paura di lui. Era un uomo forte. Se avesse voluto farle del male, o se l'uomo che lo aveva chiamato fratello gli avesse ordinato di farle del male, avrebbe potuto farlo, e lei non avrebbe potuto evitarlo in alcun modo.

Raffaello la lasciò parzialmente libera, permettendole di girarsi di lato. «Isabella, questo è mio fratello Dante».

Isabella guardò l'uomo alto che stava in piedi vicino al divano. I suoi capelli erano neri come le piume di un corvo, la sua corporatura ampia. Riuscì a vedere immediatamente la somiglianza tra lui e

Raffaello, solo che quell'uomo era un po' più alto e i tratti del suo viso più marcati, meno eleganti di quelli di Raffaello.

«È un piacere darti il benvenuto nella famiglia», disse Dante.

Sapeva che era una bugia. Solo pochi minuti prima, aveva detto a suo fratello di non fidarsi di lei. Ma Isabella sapeva che non poteva far sapere a nessuno dei due quello che aveva sentito. Se lo avesse fatto, sarebbe stata condannata. Anche se aveva capito a malapena la metà di ciò di cui avevano discusso, aveva capito abbastanza per sapere che Dante era pericoloso e che probabilmente l'avrebbe uccisa, se si fosse messa in mezzo a qualsiasi cosa stessero pianificando.

«Grazie, signore», rispose lei e abbassò le palpebre.

«No, per piacere, Isabella, dovrai chiamarmi Dante. Non siamo molto formali, qui. E ora sei mia sorella».

«Certo», aggiunse lei frettolosamente, non volendo turbarlo.

«Basta con i convenevoli, per stasera», intervenne Raffaello. «Che ne dici se ti accompagno di sopra e ti faccio preparare un bagno? Ti raggiungerò tra poco».

Il battito cardiaco di Isabella accelerò. «Alloggiamo qui?». Aveva pensato che quella fosse la casa di Dante. E non voleva stare sotto il suo stesso tetto. Avrebbe preferito stare a casa propria, dove almeno avrebbe potuto chiedere aiuto, se ne avesse avuto bisogno.

«Sì, passeremo la notte a casa mia», rispose Raffaello.

«Casa tua?».

Annuì. «Sì. O pensavi di aver sposato un uomo povero? Questa è casa mia e di Dante. Abbiamo vissuto qui per tutta la vita. Vieni, ti mostro la mia camera». Si schiarì la gola. «La nostra camera».

Isabella deglutì a fatica e mise la sua mano tremante nel palmo teso di lui.

13

Nemmeno il bagno caldo che un servitore aveva preparato per lei riuscì a calmare i nervi di Isabella. Cercò di mettere insieme le cose che aveva sentito, ma nulla aveva senso. Cosa voleva Raffaello da lei e cosa voleva da Massimo? Credeva davvero che lei fosse sotto il controllo di Massimo? Aveva sempre odiato quell'uomo, anche quando Giovanni era ancora vivo. Detestava il modo in cui si aggirava furtivamente e considerava la sua casa come propria, il modo in cui dava ordini ai suoi domestici e si muoveva come se fosse il padrone di casa, ogni volta che andava a trovarla.

Pensare che lei avrebbe eseguito i suoi ordini era ridicolo.

Lei non lo scoprirà. Le parole di Raffaello riecheggiavano ancora nella sua mente. Cosa stava nascondendo? Era un giocatore d'azzardo? Aveva già una moglie da qualche altra parte? Che cosa non voleva che lei sapesse?

Chiaramente, non l'aveva sposata per i suoi soldi. Mentre osservava la camera da letto, non poté fare a meno di ammirare i ricchi arredi, i tappeti costosi, i bellissimi dipinti. Tutto ciò che possedeva gridava ricchezza. Casa sua sembrava quella di un povero, al confronto. No, non era il suo denaro che voleva.

Il che la riportò a Massimo. Che cosa aveva Massimo che Raffaello e suo fratello volevano? Non aveva mai capito cosa facesse Massimo. Ma aveva sempre odiato il fatto che, quando veniva a trovarli, portasse via Giovanni e rimanessero fuori tutta la notte. Giovanni tornava a casa spettinato ed esausto. Ma nemmeno una volta aveva risposto alle sue domande su dove fosse stato.

Isabella si infilò sotto le coperte del grande letto e chiuse a forza gli occhi. In qualche modo, avrebbe superato quella situazione. L'indomani sarebbe tornata a casa sua e avrebbe cercato di capire come uscirne. Forse avrebbe potuto appellarsi al Doge e chiedere protezione. Protezione da suo marito? Cosa avrebbe detto la società veneziana? No, non poteva renderlo pubblico. E se Raffaello avesse reso noto come l'aveva presa sotto quell'arco, in pubblico, in piena vista di un estraneo? La sua reputazione sarebbe stata fatta a pezzi, nonostante il fatto che fosse sposata.

No, non poteva chiedere l'aiuto di nessuno. Era sola, in quella situazione. Sola e spaventata dal suo stesso marito. Un estraneo, un uomo di cui non sapeva nulla.

Quando Isabella sentì la porta aprirsi e dei passi sul pavimento, capì che Raffaello era venuto a raggiungerla. Visto che l'aveva condotta nella propria camera da letto e non le aveva dato una stanza separata, sapeva che alla fine l'avrebbe raggiunta. Avrebbe finto di dormire, per evitare che lui la prendesse di nuovo. Sicuramente, doveva averne avuto abbastanza, per quella notte, dopo quello che aveva fatto sotto quell'arco.

Un fruscio di vestiti confermò che Raffaello si stava spogliando. Pochi istanti dopo, si infilò sotto le coperte e la prese immediatamente tra le braccia. Era nudo.

«Mmm, hai un profumo fantastico». Lui le accarezzò il collo, stampandole piccoli baci lungo il polso. Lei esalò un respiro. «Quindi sei ancora sveglia. Speravo che lo fossi».

«Sono molto stanca», rispose Isabella, sperando che lui la lasciasse in pace. Non voleva che la toccasse, ora che sapeva che qualcosa non andava.

«Lo so, angelo mio. Ti fa male?». La mano di lui scivolò sul punto tra le gambe di lei che iniziò immediatamente a pulsare.

«Sì, sì, sono dolorante», mentì lei e desiderò che lui togliesse la mano, per evitare che il suo corpo diventasse umido e bisognoso.

Ma invece di lasciarla in pace, Raffaello le tirò su la sottoveste. Non aveva una camicia da notte, quindi aveva deciso di indossare la sua sottoveste per avere una sorta di protezione. Sembrava che al suo nuovo marito non importasse.

«Lascia che mi prenda cura di lei, allora. Ora, vediamo di toglierti questa». Tirò la sottoveste e la sollevò verso di sé, poi le sfilò l'indumento da sopra la testa.

«Ma», protestò lei. Non aveva sentito che lei gli aveva detto di essere dolorante? Non le avrebbe dato tregua?

Le mise un dito sulle labbra. «Shh, Isabella. Non ti penetrerò. Mi limiterò a lenire la tua carne. Sarei un cattivo marito, se non mi prendessi cura dei bisogni di mia moglie». Poi le passò la mano sui capelli. «Mi hai dato piacere, stasera, più di quanto tu possa immaginare. Vederti in una tale estasi, osservare la tua passione, sentirla scorrere nel mio corpo. Mi stupisci, con la tua generosità».

Lei ascoltò le sue parole, erano piene di ammirazione. Come poteva essere lo stesso uomo che aveva sentito parlare con Dante, lo stesso uomo che aveva ammesso a suo fratello che la stava usando? Il suo petto si strinse e una sensazione di disperazione la attraversò. Cercò di nascondere il piccolo singhiozzo che le uscì dalle labbra, ma lui lo sentì comunque. E lo interpretò male.

«Amore mio, non devi vergognarti di quello che abbiamo fatto. Nessuno lo scoprirà mai. Sei mia moglie, e ti proteggerò da tutti gli altri». Lasciò che la sua mano andasse verso i suoi seni pieni, palpandoli delicatamente. «Eri così bella, stasera. Il tuo seno che si spingeva fuori dal corpetto, le tue gonne sollevate, la tua fica rosa che luccicava. Non ho mai visto uno spettacolo più bello. E sapere che tutto questo è mio e solo mio, mi rende orgoglioso».

Stava facendo l'amore con lei con le sue parole. Lei non lo capiva, ma il suo corpo rispose contro la sua volontà. Si riscaldò sotto le sue carezze, mentre la mano di lui si spostava più in basso e le accarezzava il ventre. Sussultò, quando le dita di lui si aggrovigliarono nel suo triangolo di riccioli.

«Sì, eri così reattiva», continuò con la sua voce dolce. «Il tuo miele era così abbondante; hai inghiottito il mio uccello e non ho mai conosciuto una casa più accogliente, per lui. Anche adesso, solo a pensarci, sono così duro che sono pronto a scoppiare».

Dio, come desiderava quell'uomo, anche se temeva le sue motivazioni, aveva paura di ciò che stava pianificando. Ma doveva lottare contro di lui, contro il suo stesso corpo. Si irrigidì.

«Non avere paura, Isabella. Ti ho promesso che non ti penetrerò, stasera. Non voglio danneggiare ulteriormente la tua pelle sensibile. Ma quando la tua carne si sarà calmata di nuovo, ti prenderò e immergerò il mio cazzo in te così profondamente da toccare il tuo grembo».

Lei emise un gemito, incapace di tenerlo ancora dentro di sé.

«Sì, ti piace. Ti piace il mio cazzo. L'ho capito da come lo hai succhiato, oggi».

Come poteva resistergli, quando le faceva ribollire il corpo, quando le trasmetteva quelle sensazioni deliziose con poche parole, mentre la sua mano si posava quasi innocentemente sul suo sesso? Lui la toccava appena, eppure il suo piacere saliva e spingeva il suo corpo verso l'alto.

«Per favore», sussurrò.

«Per favore, cosa?».

Non riusciva più a sopportarlo. «Porta via il dolore».

«Sì, angelo mio». Raffaello si fece strada lungo il suo corpo e le allargò le cosce per sistemarsi tra di esse. Poi abbassò la testa e leccò con la sua lingua calda i petali umidi di lei. A ogni leccata e a ogni bacio, il piacere nel suo corpo aumentava. Dimenticò la conversazione che aveva ascoltato e la minaccia implicita in essa. Sentiva solo il desiderio di Raffaello di darle piacere e di fare l'amore con lei.

In pochi secondi, sentì il calore del suo corpo andare fuori controllo. La sua lingua lambiva senza sosta la sua perla, facendola diventare dura. A ogni leccata e a ogni succhiata, piccole esplosioni si accendevano nel suo ventre.

Isabella seppellì le mani nelle lenzuola, afferrando il tessuto con i pugni, mentre lottava contro la reazione del suo corpo a lui. Ma non c'era modo di combattere quello che lui le faceva. Le dava piacere e la catapultava in un mondo di beatitudine, senza chiedere nulla in cambio. Questo rendeva ancora più dolci le sue intime attenzioni. Quando le sue labbra si chiusero intorno al suo centro del piacere e succhiarono, lei si lasciò andare e si abbandonò a lui. Le onde che seguirono la cullarono nel sonno.

L'ultima cosa che sentì fu Raffaello che la attirava nella curva del suo corpo, premendole la schiena contro il suo petto, sussurrandole all'orecchio: «Non ti farò mai del male».

14

Raffaello si svegliò nel primo pomeriggio, con Isabella ancora stretta al suo petto. Lei non si era mossa per tutta la notte e questo gli faceva piacere. Aveva sentito la sua apprensione, la sera prima, e temeva che lei si fosse pentita di quello che avevano fatto. Ecco perché aveva fatto l'amore con lei solo con le parole. Non voleva che lei si pentisse. Voleva che lei sapesse quanto lui apprezzava ciò che gli aveva dato.

Nonostante le cose che Dante aveva detto, non avrebbe permesso a niente di mettersi tra lui e sua moglie. Nemmeno la sua fame, una fame che aveva sentito subito dopo il risveglio. Non si nutriva dalla notte in cui aveva rischiato di annegare e ora sentiva che il suo corpo desiderava il sangue di cui aveva bisogno per sostenersi.

Quella notte avrebbe dovuto nutrirsi. Non dal collo della sua bellissima moglie, che ancora dormiva tra le sue braccia, ma da un estraneo. Perché su una cosa Dante aveva ragione: non poteva permetterle di scoprire che era un vampiro. Lei sarebbe scappata. E lui non voleva perderla.

Quando Isabella si svegliò, Raffaello era già vestito e aveva preparato un pasto per lei. Sapeva che sarebbe stata affamata. Quando la raggiunse nella sala da pranzo, mantenuta in una relativa oscurità tenendo le imposte chiuse, ma con tutte le candele della stanza accese, lei aveva quasi finito il suo piatto.

Raffaello le si sedette di fronte. Lei sembrò nervosa, mentre lo guardava, con le palpebre leggermente abbassate, come se cercasse di evitarlo. Era ancora imbarazzata per quello che era successo la sera prima?

«Preparo un piatto per te?» gli chiese, e fece un movimento per alzarsi verso il piccolo buffet che uno dei suoi servitori aveva preparato.

«Grazie, amore mio, ma ho mangiato mentre tu stavi ancora dormendo».

Per quanto tempo sarebbe riuscito a nasconderle che non mangiava, non ne aveva idea. Il suo corpo di vampiro tollerava solo sangue e liquidi, ma mai cibo solido. Avrebbe dovuto inventare ogni tipo di scusa per evitare che Isabella si insospettisse.

«Oh. Non ho mai dormito così a lungo». Lei arrossì di un delizioso rosa.

«Ti ho stremata, ieri sera». Raffaello fece una pausa e notò come lei abbassò ulteriormente lo sguardo, mentre le sue guance diventavano più rosse. «E ho intenzione di farlo di nuovo stasera». Lui ignorò il suo sussulto scioccato. «Ora, mangia. Così avrai le forze».

Amava scuoterla, farle perdere la calma. Sì, soprattutto amava togliere quegli strati di signora per bene che lei ammassava su di sé, perché sotto c'era una donna che covava una passione cruda e una lussuria sfrenata. Proprio come piaceva a lui.

«Quando torneremo a casa?».

«Non ti piace qui?».

«La tua casa è molto lussuosa, molto grande. Ma io ho un'attività da gestire e tutte le mie cose sono a casa mia».

Era una ragione giusta. Non poteva opporsi. Inoltre, per scoprire di più su Massimo, che sicuramente avrebbe voluto intromettersi di nuovo molto presto, sarebbe stato meglio rimanere a casa sua. «Molto bene, angelo mio, torneremo a casa tua stasera».

«Perché non ora?».

Lui sollevò un sopracciglio. «Perché questa fretta? Odi così tanto questo posto?»

Isabella scosse frettolosamente la testa. «No, certo che no». Ma la sua espressione diceva il contrario.

«Si tratta di Dante, vero? Non ti piace». Non che suo fratello fosse il più affascinante degli uomini. Poteva essere decisamente fastidioso, quando si metteva in testa di farlo. E chiaramente aveva delle riserve su Isabella, e forse lei aveva percepito quelle vibrazioni.

«No, no, è simpatico».

Raffaello si alzò e si avvicinò a lei, poi le prese la mano e la baciò. «Voglio che tu sia felice. Andremo a casa al tramonto. Lo prometto».

«STO FACENDO PREPARARE dai domestici la vecchia stanza di Giovanni per te».

Raffaello si voltò al suono della voce di Isabella proveniente dalla porta dello studio. Dopo essere tornata a casa sua, lei si era assentata per occuparsi di alcune faccende di magazzino e lo aveva lasciato solo.

«Non sarà necessario».

Lei lo guardò con sorpresa.

«Sono perfettamente felice di rimanere nella tua camera».

Il petto di lei si sollevò e lui non riuscì a distogliere lo sguardo dalla vista allettante della pelle cremosa dei suoi seni. Il vestito che indossava non era scollato come l'abito rosso che aveva indossato la sera prima, ma non ci sarebbe voluto molto per abbassare quel corpetto e far spuntare quei capezzoli. I suoi pantaloni si contrassero, a quell'immagine.

«Ma non è corretto. Le coppie sposate hanno camere separate».

Raffaello si alzò e si diresse verso di lei, posando lo sguardo sulle sue labbra carnose. «Non lo faremo. Non ti ho sposato per passare le mie notti da solo». Passò il dorso della mano sui rigonfiamenti che la scollatura esponeva. Sulla sua pelle si formò una piccola pelle d'oca. Poi abbassò la testa e baciò la linea in cui i suoi seni si univano per formare una scollatura più che generosa. Si impregnò dell'odore di lei e sentì la fame tornare in primo piano. Non si era ancora nutrito e finché tutti i membri della casa non si fossero ritirati per la notte, non sarebbe stato in grado di sgattaiolare fuori a caccia di un pasto. Forse un rapido incontro con sua moglie gli avrebbe fatto passare il senso di urgenza.

Raffaello la tirò completamente nello studio e chiuse la porta. Gli occhi di lei si spalancarono, come se sapesse cosa lui avesse intenzione di fare. E forse lo sapeva. Ormai avrebbe dovuto essere in grado di leggere il suo volto e sapere quando il sesso era nei suoi pensieri.

«Raffaello, ho altro lavoro da fare. Quindi, se vuoi scusarmi». Isabella cercò di girarsi, ma lui si limitò a tirarla indietro. Gli occhi di lui vagarono per la stanza, prima di tirarla verso la scrivania e piegarla a faccia in giù. «Sei ancora dolorante?».

«S... sì», balbettò lei.

«Non mentirmi».

Lei esitò e lui lasciò scorrere la mano sul suo sedere. Le sfuggì un respiro affannoso.

«Te lo chiedo di nuovo. Sei ancora dolorante?».

Passarono un paio di secondi, prima che lei rispondesse: «No».

«Ti è piaciuto come ti ho leccato ieri sera? Come ho adorato la tua fica?».

Raffaello percepì il battito cardiaco di lei accelerare e capì che i suoi discorsi la eccitavano. La sua mano le strinse una natica, prima di iniziare a raccogliere le gonne di lei per tirarle su. «Non hai sentito la mia domanda?».

Le sfuggì un respiro strozzato. «Mi è piaciuto».

Raffaello le sollevò le gonne fino alla vita, poi iniziò a slacciarle i mutandoni.

«Non puoi farlo qui. I domestici!». La voce di lei ora sembrava in preda al panico, ma lui non si fece scoraggiare. Le abbassò i mutandoni per esporre il suo sedere perfettamente rotondo. Quando lui lo accarezzò con il palmo della mano, lei inspirò a pieni polmoni.

Poi immerse il dito nella sua fessura e scivolò giù fino all'apice delle sue cosce, dove una calda umidità lo accolse. «Così poco incoraggiamento e già così bagnata. Sono sorpreso che il tuo defunto marito sia riuscito a lavorare, considerando che doveva tenerti soddisfatta». Condusse il dito nel suo invitante canale, facendola sussultare.

«Hai ragione, i domestici potrebbero entrare in qualsiasi momento», continuò. «Sai cosa vedrebbero?».

«Raffaello, ti prego», protestò lei, ma non c'era alcuna preoccupazione di essere scoperti, dietro le sue parole, anzi, sembrava una richiesta di qualcosa di più. Una richiesta alla quale lui era più che disposto ad acconsentire.

«Vedrebbero come la padrona di casa viene scopata da dietro, come se fosse una comune puttana. E la sentirebbero ansimare come una cagna in calore». Tirò fuori il dito e si sbottonò la patta dei pantaloni. «E la sentirebbero chiedere di più, la vedrebbero implorare di essere scopata più forte, di essere riempita dal cazzo duro del suo nuovo marito».

Raffaello estrasse l'asta e guidò la dura lunghezza all'ingresso del suo canale. «Dimmi, Isabella, è questo che vedrebbero i domestici, se entrassero qui dentro?».

La risposta di lei fu un mero sussurro, ma lui la sentì comunque. «Sì».

Con una spinta fluida, scivolò dentro di lei, fino alle palle. Sotto di lui, lei ansimò pesantemente.

«Scopami», sussurrò Isabella all'improvviso, la sua voce appena udibile.

«Che cos'hai detto, angelo mio?» chiese Raffaello, anche se il suo udito superiore aveva captato le parole.

«Scopami», disse lei, questa volta più forte.

Quelle parole erano musica, per le sue orecchie. Lei stava perdendo il controllo e si stava liberando del mantello della correttezza, lasciandosi andare ai suoi sentimenti più sfrenati, lasciando che lui desse soddisfazione ai suoi bisogni dissoluti. Sì, era lui che la controllava, ora, nessun altro. Anche se lei stava eseguendo gli ordini di Massimo, lui avrebbe fatto in modo che disertasse per passare dalla sua parte, perché le avrebbe dato esattamente ciò di cui aveva bisogno.

A ogni spinta nelle sue dolci profondità, le pulsazioni di Isabella diventavano più incontrollate. La sua pelle sudava e il suo canale spasimava intorno a lui, cercando di afferrarlo e di tenerlo lì. Mentre il suono della carne che sbatteva contro la carne riverberava nella stanza e i gemiti di lei si mescolavano a quelli di lui, tutto ciò che Raffaello riusciva a sentire era il proprio cuore. Non solo batteva al ritmo frenetico della loro scopata, ma gli diceva che, qualunque fosse stato l'esito di tutto, l'avrebbe avuta, anche se ciò significava renderla una di loro. Un giorno, perché non poteva permetterle di invecchiare e morire.

Raffaello la cavalcò fino all'orgasmo, senza darle tregua. Mentre continuava a pompare dentro di lei, fece scivolare un dito umido nella fessura del suo sedere e trovò il suo buco chiuso, che segnava l'ingresso del suo canale oscuro. Lo strofinò, e lo sentì fremere.

La bocca di lei espresse una protesta, ma lui la ignorò, perché il corpo di lei gli stava dicendo il contrario. Mentre lui premeva contro il bordo, Isabella si allentò contro di lui, cercando, desiderando quell'invasione. Il dito di lui scivolò per una falange in profondità e i muscoli di lei si contrassero, stringendosi intorno a lui. Quando lei si calmò, lui mosse il suo cazzo con rinnovato vigore, distraendola da ciò che stava facendo al suo sedere.

Isabella si spinse di nuovo indietro e questa volta prese il dito di lui in profondità. Lentamente, lui pompò il dito allo stesso ritmo del suo cazzo e il corpo di lei imitò i suoi movimenti, arretrando quando lui avanzava.

Non aveva mai sentito nulla di così stretto come il suo sedere. La consapevolezza che presto l'avrebbe portata all'apice, che presto avrebbe affondato il suo uccello impaziente in quel buco proibito, lo fece uscire di testa. Il suo orgasmo lo investì in un torrente di sensazioni e, a metà di esso, sentì entrambi i canali di lei stringersi intorno a lui, spasmo dopo spasmo.

15

Isabella mise i suoi orecchini nel portagioie sul comò. Prima che potesse chiudere il coperchio, Raffaello le afferrò il polso da dietro.

«Di chi è, questo?».

Lei seguì il suo sguardo e lo vide indicare l'anello di onice nero che si trovava in un angolo. «È mio, naturalmente».

Raffaello tirò un respiro affannoso. «Tuo?». Sembrò dirlo come se fosse un'accusa. E lo fece sembrare come un estraneo, lo stesso estraneo che aveva detto al proprio fratello che la stava semplicemente usando.

La folata fredda che improvvisamente le soffiò sul collo non fece nulla per placare la sua improvvisa paura di lui. Cercando di eliminare lo scomodo silenzio tra loro, aggiunse frettolosamente: «Era del mio defunto marito. L'ho ereditato».

Lui sembrò rilassarsi, alle sue parole. «Posso dargli un'occhiata?».

Lei annuì e lo guardò prendere l'anello dalla scatola ed esaminarlo. «È insolito. È il sigillo di famiglia?».

«No. Non credo nemmeno che fosse il suo anello preferito. Lo indossava raramente. E poi ha smesso di indossarlo del tutto». Si era sempre chiesta cosa piacesse, a Giovanni, di quello strano gioiello. Di certo a lei non era mai piaciuto quel brutto oggetto. Ma ciò che la incuriosiva di più era il motivo per cui Raffaello sembrava così interessato. Aveva forse qualcosa a che fare con il suo interesse per Massimo e la famiglia di suo marito? «Perché me lo chiedi?».

«Sono solo curioso, visto che sembra essere un pezzo così di cattivo gusto. Quindi dici che ha smesso di indossarlo. Quando è successo?».

«Il mese prima della sua morte. Era diverso, allora». Isabella ricordò come suo marito fosse sembrato improvvisamente cambiato. Era diventato distante e inavvicinabile. E aveva iniziato a evitarla. All'epoca si era chiesta se avesse trovato un'amante. La maggior parte delle sere si assentava.

«... Isabella?».

La voce di Raffaello la tirò fuori dai suoi pensieri deprimenti. «Scusa, cosa mi stavi chiedendo?». Incontrò il suo sguardo nello specchio e notò quanto fosse intenso. Le ricordò di nuovo come lui volesse usarla. Le sue domande sul defunto marito non fecero altro che rafforzare il sospetto che non tutto fosse come sembrava, con il suo nuovo marito.

Come avesse potuto permettergli di prenderla così ferocemente nello studio solo un'ora prima e di esplorarla nel modo più dissoluto, era per lei un mistero insondabile. Ma il suo corpo aveva reagito a lui nell'unico modo che sembrava conoscere: con una lussuria inestinguibile. Sentì il suo viso arrossire per l'imbarazzo, mentre riviveva il ricordo della sua possessione. Le si indurirono i capezzoli e sentì la pelle d'oca su tutto il corpo.

Quando le dita di Raffaello le sfiorarono improvvisamente la nuca, lei trasalì. Lui si allontanò e incrociò il suo sguardo sorpreso nello specchio. Poi si schiarì la gola. «Mi chiedevo se potessi dirmi qualcosa di più su di lui, sul tuo defunto marito».

«Perché?». La sua spina dorsale formicolava, con la sgradevole sensazione di essere interrogata.

Ora lui le stava sorridendo. «Perché non voglio commettere nel nostro matrimonio gli stessi errori che ha commesso lui».

Isabella girò la testa verso di lui. Non si aspettava la sua risposta. «Errori? Cosa ti fa pensare che abbia commesso degli errori? Il nostro era un matrimonio perfettamente accettabile».

«Accettabile», sbuffò lui. «Non voglio un matrimonio accettabile. Voglio un matrimonio felice».

«Non è la stessa cosa?».

«No, angelo mio. Ora dimmi, com'era?». Lui prese la spazzola dalla mano di lei e iniziò a spazzolarle i capelli. Lei rimase sorpresa da quell'azione intima.

«Beh, se proprio vuoi saperlo». Poi sospirò. «Non mi ha mai spazzolato i capelli».

Il sorriso di Raffaello era caldo e si estendeva ai suoi occhi. Il modo quasi predatorio e teso con cui l'aveva interrogata sull'anello di Giovanni era scomparso. Forse l'aveva solo immaginato.

«Era un uomo buono. Si è occupato di me, mi ha insegnato come aiutarlo a gestire l'azienda. Ho imparato molto, da lui. Era gentile». Fece una pausa, non sapendo cos'altro dire su di lui.

«Eppure non ti ha mai leccato la fica», sussurrò Raffaello vicino al suo orecchio.

Lei abbassò le palpebre. «Non era quel tipo di uomo».

«Che tipo, Isabella?». Il respiro di lui le sfiorò la spalla.

«Non era... non era», balbettò lei, incapace di concentrarsi, quando lui cercava deliberatamente di far reagire il suo corpo a lui.

«Passionale?» la aiutò.

«Era un uomo misurato. Ogni cosa aveva il suo tempo e il suo posto. Ecco perché era stato così strano...». Così strano, quando era cambiato.

«Cosa c'era, di strano?». Raffaello continuò a spazzolarle i capelli con movimenti lunghi e delicati.

«Prima della sua morte. Non era più lo stesso uomo».

«In che senso?».

«Non ne sono sicura, ma era diverso. Evitava di stare da solo con me. Aveva terribili sbalzi d'umore, scatti d'ira. E stava lontano tutta la notte, poi si chiudeva in sé stesso per tutto il giorno. Non era normale. Evitava persino Massimo, anche se erano sempre stati vicini come fratelli. Un giorno gettò l'anello di onice in un angolo, come se non valesse nulla. Era il suo temperamento a essere strano».

I movimenti leggeri con cui Raffaello le spazzolava i capelli la calmarono dai suoi ricordi. Ma c'era qualcos'altro che ancora la preoccupava. «Credo che avesse trovato un'amante. Non ha più condiviso con me il letto. Forse è quello che succede agli uomini, quando sono sposati per qualche anno. Perdono interesse per le proprie mogli».

Raffaello posò la spazzola sul tavolo e girò il corpo di lei verso di lui. «È di questo che hai paura? Che io perda interesse per te?».

Non voleva rispondergli. A cosa sarebbe servito? Solo a mettere a nudo il suo cuore. Un giorno l'avrebbe spezzato... un giorno, presto, quando lei avrebbe scoperto i suoi veri motivi per averla sposata. Lei non volle incrociare il suo sguardo, ma lui le prese il mento con la mano e le sollevò il viso.

«Non perderò mai interesse per te. Come potrei? Sei la donna più coinvolgente e passionale che abbia mai conosciuto».

Il suo bacio fu tenero, ma nel giro di pochi secondi divenne caldo e consumante. Nonostante le sue riserve su di lui, la sua incertezza su ciò che lui voleva da lei e da quel matrimonio, si sciolse in lui.

Raffaello la sollevò tra le braccia e la portò sul loro letto, dove la coprì con il proprio corpo. «Ora, mia dolce moglie, lascia che ti mostri quanto mi interessi».

16

Questa era la terza notte in cui Isabella si era svegliata e si era trovata da sola. Raffaello non si trovava da nessuna parte. Proprio come le due notti precedenti: era venuto a letto e aveva fatto l'amore con lei, per poi scomparire mentre lei dormiva. All'inizio, aveva pensato di trovarlo al piano di sotto, nello studio o nel salotto, a bere un bicchiere di grappa o a leggere un libro, ma la casa era vuota, a parte la servitù.

Eppure, ogni mattina era di nuovo al suo fianco, dormiva, con il corpo stretto al suo, come se non fosse mai stato via. Nonostante le sue rassicurazioni che non avrebbe perso interesse per lei come aveva fatto Giovanni, lei non poteva fare a meno di fare ipotesi su dove andasse nel cuore della notte.

Ma non avrebbe commesso lo stesso errore che aveva fatto con Giovanni. Non gli avrebbe permesso di trattarla così. Se fosse scomparso di nuovo, lo avrebbe seguito e avrebbe scoperto cosa le stesse nascondendo.

RAFFAELLO ENTRÒ nel salotto di casa sua e notò che aveva un visitatore. Lorenzo, uno dei suoi amici più cari, era disteso in un angolo del divano.

«Lorenzo, è un piacere vederti».

Lorenzo gli fece un sorriso storto, la malizia scintillava nei suoi occhi blu. I capelli sciolti, lunghi fino alle spalle e la camicia aperta testimoniavano che stava aspettando da un po', e le gocce di sangue sul petto indicavano che si era nutrito di recente. Molto di recente.

«Il piacere è reciproco. Ho sentito che le congratulazioni sono d'obbligo».

Le narici di Raffaello si dilatarono, quando sentì il profumo del sangue fresco. In effetti, era molto intenso. Diede un'occhiata alla stanza e trovò Dante sulla sua poltrona preferita davanti al camino, con una giovane donna in grembo. La sua veste era aperta sul davanti, esponendo i suoi seni piccoli, ma sodi, che Dante accarezzava, mentre le succhiava il collo.

Gocce di sangue scorrevano sulla guancia di Dante, a testimonianza dell'avidità con cui aveva bevuto dalla donna. I suoi morbidi gemiti giungevano alle sue orecchie. Era sotto il giogo di Dante. Raffaello sapeva che non avrebbe ricordato nulla di ciò che suo fratello le aveva fatto. L'abilità di persuasione usata da suo fratello era ciò che aveva aiutato lui e i suoi colleghi vampiri a non essere scoperti per secoli. Ogni vampiro la usava, quando si nutriva.

Sentì il suo inguine contrarsi al pensiero di nutrirsi di una donna. Non una donna qualsiasi. Isabella. Con un grugnito, si staccò da quella vista e abbracciò Lorenzo, che si era alzato dal divano.

«Grazie, amico mio».

Lorenzo lanciò un'occhiata laterale a Dante. «Ne vuoi un po'? L'ho portata per Dante, ma come sappiamo entrambi, a lui non dispiace condividere. Vero, Dante?».

Per quanto gli sarebbe piaciuto accettare l'offerta, aveva deciso di nutrirsi solo di uomini, ora che era sposato con Isabella. Non sentiva che fosse giusto toccare un'altra donna.

«No, grazie».

«Mio fratello è molto preso da sua moglie, devi capire, Lorenzo», disse Dante, dopo aver estratto le zanne dal collo della donna. «Sembra che non voglia cedere alla tentazione toccando un'altra donna».

«E Dante sembra ficcare il naso in cose che non lo riguardano. Di chi mi nutro sono affari miei», ribatté Raffaello. «Ora, se hai finito di mangiare, possiamo passare agli affari? Che cosa hai scoperto, su Giovanni Tenderini?».

Dante leccò le ferite sul collo della donna, si alzò e la portò sul divano, dove la adagiò. Poi si pulì la bocca e guardò di nuovo Raffaello, con il volto serio, ora. «Era davvero un Guardiano. Ma lascerò che sia Lorenzo a raccontarti la storia. Tra l'altro, è molto interessante».

«Sì», confermò Lorenzo. «Un Guardiano diventato vampiro».

La sorpresa fu palese, in Raffaello. «Cosa?».

«Hai sentito bene. Stava inseguendo un gruppo di noi insieme a un paio di altri Guardiani, ma siamo riusciti a separarlo dai suoi confratelli. Lo abbiamo messo all'angolo in un vicolo cieco. Non c'era via d'uscita, per lui. Nico ha avuto la brillante idea di infliggergli la punizione definitiva».

Raffaello trattenne il respiro, immaginando ciò che stava per dirgli.

«E quale miglior punizione per un Guardiano, se non diventare la stessa creatura che caccia, non credi? Nico lo trasformò. Ha lottato, ha combattuto, un uomo molto coraggioso, se posso aggiungere. Ma senza successo. Alla fine, l'azione fu compiuta. Lo aveva reso uno di noi. Abbiamo saputo della sua morte un mese dopo. Mi chiedo se si sia tolto la vita. Doveva sapere che sarebbe annegato».

«Ora tutto ha senso». Raffaello si passò una mano tra i capelli.

«Cosa ha senso?» chiese Dante.

«Isabella notò un cambiamento in lui, nel mese precedente la sua morte. E non ha più indossato l'anello dei Guardiani. Ma non credo che si sia suicidato. Piuttosto, qualcuno a lui vicino ha accelerato la sua fine».

«Sua moglie?» chiese Lorenzo.

Raffaello lanciò un'occhiata di rimprovero al suo amico. Isabella non avrebbe mai fatto del male a una mosca. «No. Isabella non farebbe mai del male a nessuno».

«Sembri così sicuro, fratello mio. Non ti avevo detto di non fidarti di tua moglie? Stai attento o potresti fare la fine del suo primo marito».

Raffaello lanciò un'occhiata al fratello. «Isabella non ha nulla a che fare con questo. Sospetto piuttosto che suo cugino Massimo sia coinvolto nella sua morte. L'avete fatto seguire da qualcuno?».

Dante annuì. «È prudente. Finora non ha avuto incontri sospetti con nessuno. E non abbiamo notato l'anello su nessun altro. Sospetto che i Guardiani lo indossino solo in privato o quando si incontrano tra loro».

Il che poteva significare che Massimo considerava la casa di Isabella il suo dominio privato. «Dobbiamo solo avere pazienza». Raffaello lanciò un'occhiata all'orologio sul caminetto. «Devo tornare prima che si svegli».

Dante fece un suono di disapprovazione. «Penso che dovresti lasciarla. Non abbiamo bisogno di lei, per arrivare a Massimo. Ora che conosciamo il suo nome e la sua posizione, non è necessario che tu ti leghi a lei. Diventerà solo un peso e ti metterà in pericolo».

Raffaello ringhiò. «Lei è mia. E rimarrà mia».

17

Sapendo che doveva nutrirsi di nuovo, Raffaello si staccò dalle braccia della moglie addormentata e scivolò fuori dal letto. Forse avrebbe dovuto accettare la sua offerta di prendere la camera da letto di Giovanni, ma non riusciva a dormire senza di lei e farle visita solo per fare l'amore. Gli piaceva averla tra le braccia di notte, quando dormiva. Lo tranquillizzava.

Cercando di essere il più silenzioso possibile, prese i suoi vestiti dalla sedia e uscì dalla camera, chiudendo la porta dietro di sé senza fare rumore. Si sentiva come un ladro, mentre si vestiva nel corridoio, ma sapeva che se non se ne fosse andato subito, avrebbe rischiato di aggredire sua moglie.

L'offerta di Lorenzo di nutrirsi della sua vittima femminile, la sera prima, era stata allettante, ma il pensiero di mettere le mani su un'altra donna lo aveva disgustato. Era meglio affondare le sue zanne in un uomo. Sembrava meno un tradimento. Il fatto di stare pensando in quei termini lo spaventava. Non era mai stato un uomo monogamo, ma per lui era importante essere fedele a Isabella. Lei lo meritava. Voleva che quel matrimonio funzionasse.

Raffaello era tranquillo, quando uscì di casa e si chiuse la porta laterale alle spalle. Guardò la luna piena, che inondava di luce gli stretti vicoli. Troppa luce, per i suoi gusti. Preferiva che fosse più buio, così era più facile per lui nascondersi. Ma non aveva molta scelta. La fame gli imponeva di agire.

Si era nutrito la notte dopo che lui e Isabella erano rimasti a casa sua. Negli ultimi tre giorni, la sua fame era aumentata. Più del solito. Il fatto che stesse facendo l'amore con la sua passionale moglie più volte al giorno e alla notte era una delle ragioni. Lei gli stava prosciugando le energie, ma a lui non importava. Non riusciva a trattenersi dal metterla alle strette ogni volta che l'impulso lo assaliva. Tirarle su le gonne nello studio era stato solo l'inizio.

Durante il giorno, la scopava in modo veloce e frenetico, ma di notte, quando erano rintanati nella sua camera, si prendeva il proprio tempo e faceva l'amore con lei lentamente, con parole, mani carezzevoli e baci morbidi. Non riusciva a capire cosa piacesse di più a Isabella, il modo in cui la prendeva in ogni luogo possibile della sua casa, o quando adorava il suo corpo di notte.

A volte lo guardava con lo sguardo di una cerva spaventata, ma nel momento in cui lui le metteva le mani addosso, quello sguardo scompariva sempre e veniva sostituito da uno scintillio nei suoi occhi che lui aveva imparato ad amare. Dopo essersi nutrito, tornava subito a casa e svegliava Isabella facendo l'amore con lei.

Raffaello sospirò e puntò gli occhi su un movimento davanti a sé. Era un uomo, che barcollava lungo il vicolo. L'odore che emanava confermava che era ubriaco. Questo avrebbe reso la cosa ancora più facile. Non avrebbe nemmeno dovuto soggiogarlo per avvicinarsi e nutrirsi di lui. L'ubriaco non se ne sarebbe mai ricordato. E l'alcol che scorreva nel sangue dell'uomo non lo avrebbe fatto ubriacare.

Raffaello si avvicinò all'uomo. «Buonasera, amico mio».

L'uomo girò la testa, gli occhi a malapena lo misero a fuoco, e aveva la bocca inclinata in uno stupido sorriso. «Eh?».

Essendo finito il tempo della conversazione, Raffaello mise un braccio intorno alla spalla dell'ubriaco, poi lo girò verso il suo petto, prima che le sue zanne scendessero e si conficcassero nel suo collo. L'uomo ebbe appena un sussulto. Le sue zanne erano rivestite di una sostanza che attenuava il dolore, rendendo così possibile nutrirsi di un essere umano senza provocare urla di dolore.

Mentre il sangue ricco e impregnato di alcol gli ricopriva la lingua e scorreva lungo la gola, Raffaello lasciò che i suoi sensi si rilassassero. Chiuse gli occhi e ascoltò solo le richieste del suo corpo. Attinse alla vena, a lungo e con forza, trasferendo il liquido vitale dentro di sé. Il suo unico pensiero era quanto desiderasse che quel collo fosse di Isabella. Per bere da lei, nutrirsi del suo sangue profumato, ingozzarsi della sua essenza, mentre spingeva il suo cazzo insaziabile dentro...

Un urlo squarciò il silenzio del vicolo.

Isabella si rese conto di aver urlato solo quando vide la testa di Raffaello scattare nella sua direzione, liberando il collo dell'uomo dentro cui aveva affondato i denti. Quando i suoi occhi penetranti la scorsero, vide il sangue colare dalle sue labbra e scorrere lungo il suo mento. Aveva la bocca aperta e lei poteva vedere chiaramente il bianco delle zanne. Paralizzata, lo fissò.

Aveva sentito storie su creature come lui, ma non aveva mai creduto a nessuna. Aveva sempre pensato che fossero semplici favole per spaventare i bambini. Ma quello che vedeva ora davanti a sé non era una favola, non era qualcosa che poteva ignorare.

Era sposata con un vampiro. Una creatura che beveva il sangue e succhiava la vita agli esseri umani.

Nel momento in cui Raffaello lasciò che l'uomo si accasciasse contro il muro per avvicinarsi a lei, trovò di nuovo le forze e scappò via.

«Isabella», la chiamò lui, «Fermati!». La voce si avvicinò e lei capì che la stava inseguendo. Era contenta di aver indossato le braghe, che rendevano più facile la fuga. Le aveva nascoste sotto il letto, sapendo che ci sarebbe voluto meno tempo per vestirsi al buio se non avesse dovuto indossare un vestito. Nel momento in cui Raffaello aveva lasciato la sua camera, era saltata fuori dal letto e si era preparata a seguirlo.

Ma ora, quasi desiderava di averlo scoperto con un'amante. Sarebbe stato più facile da gestire e più sicuro.

Le bruciavano le cosce mentre continuava a fuggire, anche se sapeva che non avrebbe mai potuto seminarlo. Il rumore degli stivali di lui sulla strada acciottolata si avvicinava. I polmoni le bruciavano, si spinse più forte e corse più velocemente di quanto avesse mai fatto.

«Isabella, per favore!». Poi la sua mano le afferrò il colletto del cappotto e la tirò indietro.

«No!». Scivolò sulla pietra bagnata e sarebbe caduta, se Raffaello non l'avesse tirata contro il suo petto e imprigionata tra le sue braccia. Come catene, si chiusero intorno a lei, impedendole qualsiasi movimento della parte superiore del corpo. Ma aveva ancora le gambe. Le scalciò indietro, cercando di fargli allentare la presa su di lei, ma senza successo.

«Smetta di lottare, Isabella. Non ti farei mai del male. Ti prego di fidarti di me».

«No, lasciami andare, mostro!».

La sua bocca era all'orecchio di lei, il suo respiro le soffiò sul collo, quando le rispose. La sua voce era bassa e rilassante. «Mi dispiace che tu abbia dovuto scoprirlo in questo modo, ma non sono un mostro. Sono ancora l'uomo che ti ama».

Le lacrime minacciarono di affiorare in superficie, ma lei le respinse con forza. «No. Lasciami andare. Per favore, lasciami andare».

Lo sentì scuotere la testa dietro di lei. «Mai, angelo mio».

Poi Raffaello iniziò a muoversi, trasportandola davanti a sé. Un nuovo panico la attanagliò. L'avrebbe portata in un luogo oscuro e poi l'avrebbe prosciugata del suo sangue. Lei scalciò di nuovo con le gambe, colpendo gli stinchi di lui. «No! Dove mi stai portando?».

«Smetta di lottare, è inutile. Andiamo a casa».

Ma la direzione che prese non era quella in cui si trovava casa sua. «Stai mentendo. La casa è dall'altra parte».

«Casa mia», rettificò lui e fece scivolare le labbra sulla guancia di lei. Un brivido le percorse il corpo e non sapeva se fosse causato dalla paura o se fosse semplicemente la reazione abituale del suo corpo al tocco di lui.

Isabella rinunciò a lottare contro di lui, sapendo che era inutile. Lui era più grosso e infinitamente più forte di lei. Era meglio conservare le forze per poter tentare una fuga in seguito.

Ora alcune cose avevano senso. Dante era preoccupato che lei scoprisse che Raffaello era un vampiro. E le sue assenze notturne? Chiaramente, aveva deciso di attaccare le persone e di nutrirsi del loro sangue. E lei sarebbe stata la prossima, ora che aveva scoperto il suo segreto e lui non avrebbe più dovuto nasconderglielo. Avrebbe fatto male? Quanto tempo ci sarebbe voluto, prima che la prosciugasse? Avrebbe gettato il suo corpo senza vita in uno dei canali?

Isabella rabbrividì a quei brutti pensieri. Aveva sposato un estraneo per salvare la sua reputazione e ora avrebbe perso la vita, per questo. Era quella la punizione che avrebbe ricevuto per i giorni e le notti di piaceri sfrenati che si era concessa con Raffaello? Avrebbe dovuto pagare per i suoi peccati in questo mondo e non nell'altro?

Il solo ricordare le cose che gli aveva permesso di farle la fece rabbrividire. Tutti i piaceri proibiti che aveva scatenato, il modo in cui l'aveva presa... e lei aveva amato ogni secondo di dissolutezza, aveva persino chiesto di più, lo aveva sfidato ad andare oltre. Gli aveva permesso di usare il suo corpo come solo una puttana avrebbe fatto, eppure lui le aveva dato più piacere di quanto avesse mai saputo esistere.

«Siamo arrivati». Raffaello aprì una porta e la condusse all'interno. La luce era scarsa, solo alcune applique illuminavano il corridoio, ma lei lo riconobbe comunque. Erano di nuovo a casa sua, la sua tana, il suo covo. In qualsiasi modo un vampiro la chiamasse. Ora era alla sua mercé.

18

Raffaello liberò Isabella e chiuse la porta della sua camera da letto dietro di loro. Lei si allontanò immediatamente da lui, e lui non poté certo biasimarla. Era spaventata, dopo quello che aveva visto. Si tolse il cappotto e lo gettò su una sedia.

«Siediti, amore mio, mettiti comoda».

Lei raddrizzò la schiena e lo fissò. «Preferisco stare in piedi».

«Credo sia giusto dirti che qualsiasi tentativo di scappare da me sarà una perdita di tempo. Sono più veloce, sono più forte e sono motivato».

Aprì un cassetto e tirò fuori un fazzoletto pulito, asciugando il sangue rimasto sul suo viso. «Mi dispiace che tu abbia dovuto vedere questo. Ma non avresti dovuto seguirmi».

Appena fece un passo verso di lei, lei ne fece diversi indietro. «Non ti avvicinare», lo avvertì, con la voce tremante. Lui poteva sentire il battito frenetico del suo cuore.

«È molto difficile fare l'amore, da una distanza come questa».

I suoi occhi si allargarono. «Non ti permetterò di toccarmi».

«Lo farai, e lo farai volentieri».

«Mai. Non permetterò che un mostro come te mi tocchi».

«Isabella, ti prego di riflettere un momento. So che sei sconvolta, ma cerca di ricordare gli ultimi giorni. C'è mai stato un momento in cui ti ho fatto del male?».

Lui percepì la sua esitazione e sapeva che non poteva rispondere alla sua domanda in modo affermativo. Ma le sue labbra rimasero serrate. Invece, sollevò il mento in segno di sfida.

«Ha paura di me?».

Lei fece un cenno quasi impercettibile con la testa.

Raffaello deglutì. L'ultima cosa che voleva era una moglie che avesse paura di lui. Doveva convincerla che non aveva nulla da temere, da lui. L'unico modo per riuscirci era quello di rendersi vulnerabile davanti a lei. Era un rischio che doveva correre. Se non lo avesse fatto, l'avrebbe persa per sempre.

«Bene, Isabella, hai vinto tu». Aprì i bottoni della camicia.

«Cosa stai facendo?» C'era di nuovo panico nella sua voce.

«Mi sto spogliando». Gettò la camicia sul pavimento, poi si tolse gli stivali.

«Ti ho detto che non ti permetterò di toccarmi».

I suoi pantaloni caddero a terra e lui rimase nudo davanti a lei. «Io non ti toccherò, ma tu mi toccherai».

Lei scosse la testa, tirandosi ancora di più indietro.

Raffaello si avvicinò al letto e aprì il cassetto del comodino. Tirò fuori la sua pistola e la pose sopra il mobile. Quando estrasse le cinghie di cuoio e si voltò verso di lei, lei gridò.

«Oh, Dio!».

«Isabella. Non sono per te. Sono per me. All'interno della pelle, c'è un sottile rivestimento d'argento, un metallo che nessun vampiro può rompere. Voglio che mi leghi al letto. Sarò alla tua mercé e potrai assicurarti che non sono un pericolo per te». Lui lanciò un'occhiata al comodino e notò che lei seguiva il suo sguardo. «La pistola è caricata con proiettili d'argento. Uccideranno un vampiro. Se pensi che io sia un pericolo per te, usala».

Isabella scosse la testa. «È un trucco. Non appena mi avvicinerò a te, mi attaccherai».

«No». Andò al letto e si sdraiò. «Prima legherò le mie caviglie al letto, poi tu lo farai con le mie mani. Mi fido di te. Ora voglio che tu ti fidi di me».

Raffaello sapeva di essere pazzo a proporlo, ma doveva fare in modo che lei si fidasse di lui. Se lo avesse ucciso, non avrebbe avuto importanza, perché una vita senza Isabella non aveva più senso. Se lei non poteva accettarlo in quel modo, allora era meglio che ponesse fine alla sua vita subito e non gli lasciasse soffrire la perdita del suo amore.

Continuando a guardarla, legò prima una caviglia, poi la seconda ai piedi del letto, mantenendo una lunghezza sufficiente per poter ancora piegare le gambe. Poi le tese la mano con i due legacci rimanenti. «Prendili. Legali strettamente».

Ci fu un'esitazione nei passi di Isabella, mentre si avvicinava. La vide dare un'occhiata al comodino con la pistola, poi di nuovo a lui.

«Legami, Isabella». Mise le cinghie di cuoio sul letto accanto a lui e tenne le braccia contro la testiera con dei cappi, che erano stati utilizzati come vincoli.

Pochi altri passi e lei si trovò accanto al letto. Raffaello annuì, mentre lei prendeva una cinghia. Poteva vederla sudare, un sottile strato lucido sulla fronte. Inspirò il suo profumo e si sentì indurire. Istintivamente abbassò gli occhi sul suo cazzo. Duro e pieno, si sollevò.

Quando tornò a guardare Isabella, la sorprese a fissare la sua asta eretta. Poi lei raggiunse il polso di lui e vi legò intorno la prima cinghia di cuoio. La fissò saldamente contro il gancio di contenimento, nonostante le mani tremanti. Senza perderlo di vista, girò intorno al letto e fece lo stesso con l'altro polso.

«Grazie», sussurrò lui. Provò le cinghie. Tenevano. Non era mai stato così vulnerabile in vita sua. Ma Isabella gli aveva salvato la vita una volta e lui sperava che trovasse il coraggio di non togliergli la vita che gli aveva dato.

RAFFAELLO SI ERA LASCIATO LEGARE, ma davvero non sarebbe stato in grado di rompere le catene? E se le avesse mentito? Isabella girò intorno al letto, tenendolo d'occhio. Quando raggiunse il comodino, guardò la pistola. Con la coda dell'occhio vide che lui la guardava, ma non si mosse, non fece alcun tentativo di liberarsi dalle cinghie di cuoio. Ma non era una prova sufficiente che fosse davvero legato.

Isabella impugnò la pistola e si girò verso di lui, puntandogliela al petto.

C'è stato un guizzo di sorpresa nei suoi occhi, per poi essere sostituito dalla delusione. Abbassò le palpebre. La sua voce era piatta, quando parlò. «Ho giocato d'azzardo e ho perso. Speravo che il tuo amore fosse abbastanza forte, ma mi sbagliavo». La guardò. «Ti amo, Isabella. Gli ultimi cinque giorni sono stati i più felici della mia vita. Mi dispiace che tu non provi lo stesso per me. Mira al mio cuore e fai in fretta».

Poi chiuse gli occhi e inspirò.

«Perché ti sei lasciato legare da me?».

«Non ha più importanza».

«Per me sì».

I suoi occhi rimasero chiusi. «Hai preso la tua decisione, angelo mio».

Ma lei aveva bisogno di una risposta. «Apri gli occhi. Guardami. Dimmi perché!». Isabella ingoiò un singhiozzo.

Quando i suoi occhi si aprirono, Raffaello la fissò con uno sguardo sorpreso. «Vuoi sapere perché? Ho lasciato che mi legassi perché ho bisogno che tu capisca che sono pronto a fare qualsiasi cosa, per il tuo amore. Ho bisogno che ti fidi del fatto che non ti farei mai del male. E l'unico modo per farlo è dimostrarti che tu detieni tutto il potere. E ora che ho soddisfatto la tua curiosità, ti prego di porre fine alla mia sofferenza, perché una vita senza il tuo amore è peggio di una morte misericordiosa».

Lei lo capì, allora: Raffaello la amava, più di quanto chiunque altro l'avesse mai amata. Lo sentiva nel profondo del suo cuore. Come poteva uccidere un uomo come quello? Come poteva lasciarsi sfuggire quell'amore? Aveva importanza che fosse l'amore di un vampiro? Eppure...

«Uccidete gli umani di cui vi nutrite?». Isabella espresse la paura che portava nel cuore. Era un assassino assetato di sangue?

«No, amore mio. Non uccido, a meno che la mia vita non sia minacciata. Mi nutro solo di loro».

Isabella buttò fuori il respiro che aveva trattenuto. Non era un assassino. Lasciò che i suoi occhi vagassero sul suo corpo nudo, disteso davanti a lei: vulnerabile, ma eccitato. Le sue mani legate non sembravano quelle di un mostro. Erano le mani che l'avevano accarezzata, che le avevano procurato un piacere indescrivibile.

Abbassando lo sguardo, si godette la vista del suo cazzo. Duro e pesante, si incurvava verso l'alto e appoggiandosi al suo ventre piatto. Con quello, l'aveva portata all'estasi ogni singolo giorno, da quando l'aveva conosciuto. Poteva davvero uccidere una persona così perfetta, semplicemente per quello che era?

Isabella lasciò cadere il braccio e gettò la pistola ai piedi del letto, dove atterrò tra le morbide lenzuola. Quando lei si mise a gattoni sul letto, gli occhi di lui si allargarono. «Isabella?». C'era speranza, nella sua voce.

Lei si avvicinò a lui, poi si mise a cavalcioni su di lui senza pensarci due volte, prima di incontrare le labbra di lui con le sue. Il gemito di lui, spaventato, fu soffocato da quello di lei.

«Il mio angelo».

«Baciami, marito mio», sussurrò contro le sue labbra dischiuse. Non sentì zanne, quando lui prese la sua bocca in un bacio feroce, ma solo labbra morbide e una lingua affamata che la divorava. Isabella gli leccò la lingua con colpi decisi, proprio come sapeva che a lui piaceva.

Raffaello interruppe il bacio e la fissò con quegli occhi scuri e pieni di passione. «Togliti il cappotto e la camicia e fammi vedere le tue bellissime tette».

Lei si liberò dei fastidiosi indumenti in pochi secondi, tenendo solo i pantaloni, godendo dello sguardo affamato di lui. Quando fu nuda, lui si leccò le labbra. «Ora fammeli mangiare». Alzò lo sguardo per incontrare i suoi occhi. «Non mordo. A meno che tu non lo voglia». Ci fu un'esitazione nella sua voce, come se non fosse sicuro di aver detto la cosa giusta.

«Vorrei che lo facessi?» gli chiese lei, con la curiosità che la travolgeva.

«Forse un giorno. Ma credimi quando ti dico che anche se non mi farai mai assaggiare il tuo dolce sangue, sarò sempre il tuo marito fedele. Non ne dubitare mai».

Non lo fece. La sincerità non traspariva solo dalle sue parole, ma anche dai suoi occhi. Fu il momento in cui capì che lui non avrebbe mai più potuto mentirle, perché lei avrebbe sempre saputo, guardandolo negli occhi, se era sincero. Quel pensiero le riscaldò il cuore.

«Ora lasciami succhiare quelle tette, prima che bruci di desiderio per te». Lui le fece un sorriso storto e Isabella abbassò i suoi seni per farli penzolare sopra il suo viso. Lui si sforzò di sollevarsi per avvicinarsi a lei, ma le cinghie di cuoio ai polsi non permettevano molti movimenti.

«Vuoi le mie tette?» lo stuzzicò. «Quanto le vuoi?».

Lui spinse i fianchi verso l'alto, premendo la sua dura lunghezza contro il suo sesso. Il calore liquido arrivò alla sua fica, che si contrasse in risposta. «Tanto così».

«Oh», gli rispose lei, provando la sua voce più civettuola. «È davvero impressionante, signore». Si abbassò di un altro centimetro. Immediatamente la lingua di lui uscì e lambì un capezzolo. «Signore, pensa che sia appropriato?».

«Molto appropriato, Signora», si unì al suo gioco. «Ora, se la Signora si abbassasse un po' di più, potrei mostrarle quanto».

«La Signora può fare di meglio». Lei si prese un seno e gli portò il capezzolo alla bocca.

Raffaello sospirò soddisfatto e lo risucchiò in bocca, con gli occhi che non lasciarono mai il suo viso, mostrandole quanto apprezzasse il suo gesto. Succhiava avidamente, trasformando il piccolo nodo in un bocciolo duro, trasformando le sue viscere in poltiglia. Lei si tirò su, non riuscendo più a resistere.

«L'altro», lo implorò. Incapace di resistere, gli portò l'altro seno alla bocca. Questa volta, lui lo succhiò più forte, come se fosse intenzionato a non farlo più uscire dalla sua bocca.

Lei ansimò pesantemente. «Signore, questo non può essere appropriato».

Raffaello lasciò che il capezzolo di lei uscisse dalla sua bocca e fece scorrere la lingua tra i suoi seni, leccandola come se stesse divorando un ricco dessert. «Sarebbe appropriato che la signora mi lasciasse scopare le sue tette».

Non sapendo cosa volesse dire, l'interesse di Isabella aumentò comunque. «E come si potrebbe realizzare un'impresa del genere?».

Raffaello fece un sorriso impertinente. «Scivola su di me fino a quando le tue tette non incontrano il mio cazzo. Poi prendilo tra di esse e stringile con le mani».

Un brivido delizioso le danzò sulla pelle, sentendo la sua descrizione. «Questa cosa, signore, sembra una vera e propria dissolutezza».

«Sì», gemette lui. «Allora, lo faccia, mia bella signora. Catturi il mio uccello tra la sua meravigliosa carne e mi faccia venire».

L'intero corpo di Isabella vibrò, mentre scivolava lungo il torso muscoloso di lui, trascinando i capezzoli sensibili contro la sua pelle. Ogni parola pronunciata da Raffaello la rendeva sempre più calda. Tutta la sua paura era sparita. Rimanevano la passione e l'amore che provava per lui. E la consapevolezza che lui avrebbe soddisfatto tutte le sue fantasie.

La fessura tra i suoi seni era bagnata da quando lui l'aveva leccata. Ora sapeva che l'aveva fatto di proposito, in modo che il suo cazzo scivolasse dolcemente al suo posto. Quando lei premette le mani contro la parte esterna dei suoi seni, lui emise un gemito incontrollato.

«Oh, cazzo!».

Isabella si spostò, facendo scivolare il suo cazzo verso la sua gola, poi di nuovo verso il basso. Era una bella sensazione, sentire la sua lunghezza dura e calda pulsare tra la sua carne abbondante. «Sì, signore, è abbastanza appropriato per lei?».

«Più che appropriato». I suoi fianchi si fletterono e lui iniziò a pompare su e giù. «Sì, angelo mio, è tutto molto appropriato». La sua voce divenne sempre più biascicata e irriconoscibile a ogni spinta del suo cazzo.

Quando lo sentì irrigidirsi e il suo cazzo sussultare, capì che era proprio al limite. Isabella lo liberò dalla prigione dei suoi seni e lo prese in bocca con un solo movimento. Era chiaro che lui non se lo aspettasse.

«Oh, Dio, Isabella! Cazzo!». Raffaello gridò e sparò il proprio seme caldo nella sua bocca, con il corpo che si agitava e dondolava contro di lei. Lei ingoiò un po' del liquido salato, ma gli spruzzi di lui arrivarono così forti e veloci che non riuscì a stargli dietro. Sollevò la testa e lo lasciò andare.

La mano di lei sostenne l'uccello di lui, pompandolo, i suoi umori che fuoriuscivano lubrificavano le sue azioni, mentre il piacere di lui si esauriva. Guardò il suo viso. Gli occhi si erano rovesciati all'indietro, le labbra erano aperte, perle di sudore gli scorrevano sulla fronte e sul collo. Non aveva mai visto uno spettacolo più erotico di quello di suo marito, molto soddisfatto.

La mano di lei lasciò il suo uccello e si avvicinò alle sue palle, facendolo sussultare. «Isabella, stai cercando di uccidermi?» sussurrò, senza fiato. Poi aprì gli occhi e sorrise.

«Mi piace toccarti».

«E puoi toccarmi quanto vuoi», le assicurò.

«Non ti dispiace che io non sia una brava moglie? Che mi comporti come una puttana, con te?».

«Tu sei mia moglie. Puoi comportarti come vuoi, con me. Niente è tabù tra noi».

«Niente? Intendi dire che qualsiasi cosa io voglia che tu mi faccia, anche se è dissoluta, la farai?».

Lui gemette. «Sì, angelo mio. E qualsiasi cosa tu voglia farmi, voglio che tu la faccia».

Isabella si leccò le labbra e gli accarezzò le palle con la mano umida. «Ti ricordi cosa mi hai fatto nello studio?».

Qualcosa balenò nei suoi occhi. «Intendi quando ti ho presa da dietro?».

«Sì». Lasciò che le sue dita scendessero dietro le palle di lui.

«Ti è piaciuto, quando ho scopato con un dito il tuo dolce culo?». Ora lui respirava più velocemente.

«Sì». Lei fece scivolare un dito più indietro verso la fessura delle natiche di lui. Un attimo dopo, Raffaello sollevò le ginocchia fino al limite consentito dai suoi vincoli di pelle, appoggiando i piedi sul letto.

«Vuoi fare lo stesso con me?» ipotizzò.

Isabella annuì, senza riuscire a esprimere a parole il suo desiderio.

«Fai scorrere il dito indietro».

«Non ti dispiace?» chiese lei, sorpresa dal fatto che lui avesse acconsentito alla sua richiesta senza protestare.

I suoi occhi erano scuri di lussuria, quando la guardò. «Scopami con un dito, angelo mio, e fammi arrendere a te».

Fece scivolare il dito, ancora bagnato dello sperma di lui, più indietro e trovò il buco chiuso. Gli girò intorno, all'inizio con timidezza, ma poi con maggiore determinazione. Quando appoggiò la punta del dito all'ingresso, sentì che lui si spingeva contro di lei.

«Sì», la incoraggiò lui. «Lascia che ti senta dentro di me».

Infilò il dito, superando lo stretto anello. Il seme sul suo dito facilitò l'ingresso e la fece scivolare all'interno senza difficoltà. «Va... bene?» gli chiese, insicura di sé.

«Va molto meglio».

«Meglio?» Isabella chiese e tirò leggermente indietro il dito. Lui strinse i muscoli, cercando di trattenerla.

«Non ti fermare».

Lei scivolò di nuovo dentro, ma non aveva dimenticato quello che lui le aveva detto. «Qualcun altro ti ha fatto questo, prima?». Aveva sperato di essere l'unica ad averlo toccato in quel modo.

Il suo sguardo incontrò quello di lei. «No. Non ho mai permesso a nessuno questa intimità, prima d'ora. Tu sei la prima. L'unica. Ma ho usato dei giocattoli, prima d'ora».

«Giocattoli?». Cosa c'entravano i giocattoli per bambini?

«Attrezzi di metallo, arrotondati e curvi, con cui stimolarmi. Ma mi accorgo che preferisco di gran lunga le tue dita dentro di me, rispetto a qualsiasi giocattolo io possa immaginare».

«Le mie dita?».

«Sì, amore mio, fai scivolare un secondo dito dentro di me». Fece una pausa e sorrise. «Porta via il dolore», ripeté le parole di lei di qualche giorno prima.

Raffaello gemette quando lei obbedì. E Isabella non poté fare a meno di trovare eccitante quello che gli faceva. Lui era alla sua mercé, un vampiro selvaggio di desiderio, ma incatenato da cinghie che non poteva rompere. Non aveva mai provato il tipo di potere che sentiva ora: il potere che una donna aveva su un uomo. Il potere che lui le dava.

«Ti amo», sussurrò Isabella e fece scorrere le dita avanti e indietro dentro di lui, spingendo dentro e fuori dal suo passaggio scuro, mentre lui la stringeva forte. I suoi gemiti riempivano la stanza, annegando tutto il resto nella sua mente. Lo stava portando all'estasi e gli stava dando ciò di cui aveva bisogno.

Quando lui gemette il suo nome, il suo corpo bagnato di sudore, lei aggiunse un terzo dito e premette più forte. I muscoli di lui si strinsero su di lei e si contrassero, mentre tutto il suo corpo era in preda alle convulsioni.

Sentì il suo orgasmo fino all'ultima cellula del suo corpo e fu la sensazione più pura che avesse mai provato da un'altra persona.

Quando lui si fermò, lei si avvicinò a lui e gli baciò le labbra. Lui respirò pesantemente, con gli occhi chiusi. «Isabella», fu tutto ciò che disse, ma lei sapeva cosa voleva dire. Lui l'amava.

Lei gli diede un altro bacio sulla bocca.

«Puttana! È così che trascini il nome di mio cugino nel fango! Se non l'avessi visto con i miei occhi, non ci avrei mai creduto!».

Il cuore di Isabella si fermò all'udire quella voce minacciosa, che riconobbe immediatamente.

19

Il suo corpo era esausto a causa degli orgasmi multipli, ma lo shock attraversò Raffaello, quando la sua testa scattò verso l'intruso: Massimo. Questo era lo scenario peggiore che potesse mai immaginare. Era stato troppo inebriato dalla lussuria perché i suoi sensi potessero percepire il nemico fino a quando non era stato troppo tardi.

Ora Massimo era in piedi vicino alla porta, con una pistola puntata contro di lui. Considerando che era un Guardiano e che sapeva come uccidere un vampiro, Raffaello era sicuro che fosse caricata con proiettili d'argento.

Con la coda dell'occhio, vide che Isabella aveva afferrato il lenzuolo e lo aveva premuto contro i suoi seni nudi. Il pudore era l'ultima delle sue preoccupazioni. Calmò la mente e cercò di riflettere sulla situazione. Se fosse riuscito a trattenere Massimo abbastanza a lungo, sarebbe arrivato suo fratello o uno dei suoi amici. Se avessero continuato a seguirlo, come avevano fatto le notti precedenti, sarebbero arrivati presto. Molto presto.

«Massimo! Cosa stai...?». La domanda di Isabella fu un semplice sussulto.

«Amore mio, credo che dovresti sapere qualcosa sul caro cugino del tuo defunto marito», disse Raffaello e lanciò un'occhiata all'uomo. «Vuoi spiegarglielo tu o devo farlo io?».

«Per favore, fallo», rispose Massimo, con un sorriso maligno. «Sarà l'ultima volta che parlerai alla tua puttana, quindi divertiti».

«Ti sarei grato se non la chiamassi puttana. È mia moglie».

Massimo si limitò a sbuffare.

«Isabella», le disse Raffaello, «Massimo è qui per uccidermi. Sospetto che ci abbia già provato qualche giorno fa, spingendomi nel canale».

«Ahimè, non posso prenderne il merito. Uno degli altri Guardiani merita questo elogio».

«Quali Guardiani?» Isabella lo interruppe, con la voce acuta.

Raffaello mantenne la voce calma, mentre le rispondeva, sapendo che i suoi nervi erano al limite. «Massimo fa parte di un gruppo di uomini che dà la caccia ai vampiri e li uccide. Proprio come ne faceva parte il tuo defunto marito».

Isabella gli rivolse uno sguardo scioccato. «Giovanni? No! Non può essere. Giovanni era un uomo buono. Non avrebbe ucciso nessuno».

«Sì, era un uomo buono, per questo era uno di noi. Un protettore della razza umana, un Guardiano. Finché non l'hanno reso uno di *loro*. Finché non l'hanno trasformato, contro la sua volontà». La voce di Massimo era piena di odio. Strinse forte la mascella, mentre continuava: «Venne da me e mi raccontò quello che voi mostri gli avevate fatto, come uno di voi lo aveva morso e lo aveva nutrito con sangue di vampiro. Mi disse che avrebbe continuato a combattere contro la vostra specie, ma non era possibile, ovviamente».

«Oh, Dio!» Isabella sussultò. «Non Giovanni. Ti prego, dimmi che non è vero».

Raffaello vide le lacrime che le salivano agli occhi, mentre lo guardava. Lo avrebbe odiato, ora, per quello che la sua specie aveva fatto all'uomo che lei aveva amato? Cercò nei suoi occhi un segno che gli dicesse se sarebbe rimasta sua. Ma le sue lacrime rendevano impossibile vedere oltre il suo dolore immediato.

«Sì», disse Massimo. «*Lui* ti ha fatto questo. *Lui* ti ha resa vedova». Indicò Raffaello. «*Lui* si è preso l'uomo che amavamo».

«Non ho fatto nulla del genere», protestò Raffaello. «Sì, un vampiro lo ha trasformato, ma non sono stato io, e di certo non è stato nessuno della nostra specie, a ucciderlo». Disse, facendo un azzardo. Se aveva ragione, nella sua valutazione di Massimo, l'uomo non sarebbe stato in grado di resistere all'esca.

«Ucciso?» Isabella gli fece eco. «Ma è annegato».

Raffaello annuì. «Sì, è annegato perché era un vampiro e i vampiri non hanno galleggiamento naturale. Non possono tenersi a galla. Proprio come non potevo farlo io».

«Sì, e Giovanni lo sapeva», lo interruppe Massimo. «Sapeva, quando l'ho spinto nel canale, che non sarebbe sopravvissuto. Mi ha guardato. Non riusciva a credere che l'avessi fatto, ma avrebbe dovuto. Lui più di tutti avrebbe dovuto capire che non potevo lasciarlo vivere. Era diventato una creatura così vile, che era rimasta solo una cosa da fare. Avrebbe dovuto capire. Lo amavo come un fratello. L'ho fatto per lui».

Un singhiozzo scosse il petto di Isabella. Raffaello la guardò, ma lei si allontanò da lui e si lasciò cadere a faccia in giù nelle lenzuola, rivolta dalla parte opposta a lui. L'aveva persa? Era questo che significava, che lei lo avrebbe odiato, per quello che aveva fatto uno dei suoi fratelli?

«Isabella. Mi dispiace».

Lei non rispose.

«Bene, sembra che tutto sia stato detto». Proprio mentre Massimo armò la sua pistola, l'udito sensibile di Raffaello captò il rumore della porta d'ingresso che si apriva.

«Aspetta». Dovette temporeggiare ancora qualche secondo, fino all'arrivo dei soccorsi. «Almeno dimmi come mi hai scoperto. Me lo merito, non credi?».

Massimo ridacchiò, ma non era un suono amichevole. «Niente di più facile. Un servitore mi ha detto che hai rischiato di annegare nel canale. Così mi sono informato e ho scoperto che uno dei miei colleghi Guardiani aveva spinto un vampiro nell'acqua quella stessa notte. Da lì è stato facile capire che si trattava di te. Sei riuscito a sfuggire alla morte una volta, ma ora, vampiro, morirai».

Uno sparo risuonò nel momento in cui la porta si aprì. Raffaello chiuse gli occhi e si preparò contro il dolore che il proiettile d'argento gli avrebbe inflitto pochi secondi prima che la sua forza vitale defluisse dal corpo.

«Ti amo, Isabella», sussurrò, mentre le grida di suo fratello e di Lorenzo riempivano la stanza.

«Che diavolo?» Dante gridò.

«Raffaello!» lo chiamò Lorenzo. «Stai bene?»

Raffaello aprì gli occhi. Non sentiva alcun dolore. «Non lo so». Poi i suoi occhi cercarono Isabella. Lei si alzò a sedere, il lenzuolo che le copriva i seni le si era rovesciato in grembo, la pistola di lui in mano, ancora puntata verso il punto in cui si trovava Massimo prima.

«È morto», disse Dante. «Massimo è morto».

«Isabella?» Raffaello cercò di attirare la sua attenzione. Alla fine, lei si girò verso di lui e lanciò una lunga occhiata al suo corpo.

«Pensavo che fosse troppo tardi». Poi si gettò tra le sue braccia, o meglio, contro il suo petto, poiché lui non poteva abbracciarla, con i polsi ancora legati.

«Mi hai salvato».

Uno schiarimento di gole lo fece scattare verso suo fratello e Lorenzo. Lanciò loro uno sguardo di rimprovero. «E voi due, perché ci avete messo tanto? Pensavo che lo steste seguendo».

«Lo stavamo facendo, ma questo tipo astuto ci ha ingannati con un'esca vestita proprio come lui. L'abbiamo perso. Quando ce ne siamo accorti, abbiamo intuito che avrebbe cercato te o Isabella. E poiché non abbiamo trovato nessuno di voi due a casa di Isabella, siamo subito venuti qui», rispose Lorenzo.

«E ora che questo è stato chiarito, vorresti spiegare perché sei legato nel tuo letto?» disse Dante con un sorriso.

«È una cosa che riguarda me e mia moglie».

Isabella alzò la testa, poi tirò il lenzuolo per coprire il proprio petto nudo.

«Vuoi che ti sleghi?» si offrì Dante.

Raffaello guardò Isabella e sorrise. «Questo lo deve decidere Isabella».

Lo scintillio era tornato nei suoi occhi, le lacrime erano state dimenticate. Senza voltarsi verso Dante, lei rispose: «Non ho finito, con lui».

Il suo cuore ebbe un sussulto alla promessa di fondo della voce di lei. «Hai sentito mia moglie, Dante. Quindi, se volete essere così gentili da lasciare la nostra camera da letto e portare il corpo con voi, io e la mia adorabile moglie abbiamo delle cose da... discutere».

Dante scosse la testa. «Come ho detto prima: uno sciocco innamorato. Uno sciocco molto fortunato».

Quando la porta si chiuse alle spalle di Dante e Lorenzo, ci fu di nuovo silenzio. Si sentiva solo il respiro di Isabella. «Angelo mio, questa è la seconda volta che mi salvi. Spero che tu capisca che ora la mia vita appartiene a te».

«E il tuo corpo?» negoziò lei.

«Il mio corpo era già tuo da molto prima». La baciò delicatamente. «Ora slegami, così potrò stringerti tra le mie braccia e ringraziarti come si deve».

«Non ancora. Prima voglio chiederti una cosa».

«Allora chiedi».

«Fa male?».

«Cosa fa male?».

«Il tuo morso».

Una fiamma calda gli attraversò il corpo. Stava riflettendo su quello che lui pensava? «Quando mi nutro di un umano? No, non fa male. Le mie zanne sono rivestite di una sostanza che attenua il dolore fino a renderlo inesistente».

«Le notti in cui hai lasciato il nostro letto, sei uscito per nutrirti degli umani?».

«Non tutte le notti. Ho bisogno di nutrirmi solo ogni tre giorni. Perché vuoi sapere tutto questo?».

«Vuoi nutrirti di me?».

Il suo battito cardiaco raddoppiò in un istante. «Oh, Dio, Isabella! Non riesco a pensare a nulla che desideri di più, se non fare l'amore con te. Ma sai che non devi farlo».

«Lo voglio».

Come poteva essere così fortunato? E se lei gli permetteva questo, un giorno gli avrebbe permesso di trasformarla in un vampiro, in modo da non invecchiare o morire? Così avrebbero potuto trascorrere l'eternità insieme? Il suo cuore si riempì di speranza per un futuro felice. Tirando le cinghie, sussurrò: «Allora liberami da queste catene».

Isabella si sedette e improvvisamente i suoi seni penzolarono davanti a lui. La sua bocca si chiuse su un capezzolo e lo succhiò. Il gemito di Isabella risuonò nella stanza. Raffaello lasciò che il capezzolo uscisse dalla sua bocca.

«Presto, amore mio».

Non appena lo ebbe slegato, Raffaello le strappò i mutandoni e la portò sotto di sé. La donna era bagnata dalla sua eccitazione, un profumo che gli stuzzicava le narici. «Grazie». Scivolò dentro di lei con un'unica fluida scivolata, posizionandosi in profondità nella sua stretta guaina.

Isabella inclinò la testa di lato in segno di invito. «Nutriti di me, amore mio».

Il suo sguardo si spostò più in basso, lontano dalla vena sul collo, fino alle sue splendide tette. Esitò. Poi percepì che lei lo guardava.

«Vuoi nutrirti dal mio seno?» gli chiese con voce sorpresa.

«Solo se tu lo permetti». Alzò lo sguardo e la fissò negli occhi. «Le tue tette sono così perfette, così piene e rotonde, che non riesco a pensare a niente di meglio che avere il mio viso sepolto in esse quando prenderò il tuo sangue dentro di me». Leccò il capezzolo, che si irrigidì in risposta.

«Allora fallo. Niente è tabù, tra di noi», lei ripeté le sue stesse parole di prima.

Lentamente, le sue zanne scesero e le sfiorarono la pelle. Sentì un brivido attraversare il corpo di lei. Mentre tirava indietro i fianchi e pompava nella sua fica, affondò le zanne nella sua carne piena e succhiò. Il liquido ricco gli ricoprì la lingua, il sapore e il profumo lo mandarono quasi in delirio.

Mentre pompava dentro e fuori dal suo canale caldo e umido, trasferì la sua essenza nel proprio corpo. Non ci sarebbe mai stato altro sapore che avrebbe desiderato per il resto della sua vita, se non il dolce sangue di Isabella.

INFORMAZIONI SULL'AUTRICE

Tina Folsom è nata in Germania e vive in paesi anglofoni dal 1991. È un'autrice bestseller del *New York Times* e di *USA Today*. La sua serie bestseller, *Vampiri Scanguards*, ha venduto oltre 2 milioni di copie in tutto il mondo. Tina ha scritto oltre 50 libri, pubblicati in inglese, tedesco, francese, italiano e spagnolo. Tina scrive di vampiri (serie *Vampiri Scanguards* e *Vampiri di Venezia*), divinità greche (serie *Fuori dall'Olimpo*), immortali e demoni (serie *Guardiani Furtivi*), agenti della CIA (serie *Nome in Codice Stargate*), viaggiatori nel tempo (serie *Time Quest*) e scapoli (serie *Il Club di Scapoli*).

Tina è sempre stata un'amante dei viaggi. Ha vissuto a Monaco (Germania), Losanna (Svizzera), Londra (Inghilterra), New York City, Los Angeles, San Francisco e Sacramento. Oggigiorno, ha fatto di una città balneare della California meridionale la sua casa permanente, assieme al marito e al loro cane.

Per saperne di più su Tina Folsom:
Visita il suo sito web: https://tinawritesromance.com/edizioni-italiane/
Iscriviti alla sua newsletter: https://tinawritesromance.com/newsletters/
Seguila su Instagram: https://www.instagram.com/authortinafolsom/
Iscriviti al suo canale YouTube: https://www.youtube.com/c/TinaFolsomAuthor
Seguila su Facebook: https://www.facebook.com/TinaFolsomFans/

www.ingramcontent.com/pod-product-compliance
Lightning Source LLC
LaVergne TN
LVHW041533070526
838199LV00046B/1641